大江戸科学捜査　八丁堀のおゆう
ステイホームは江戸で

山本巧次

宝島社
文庫

宝島社

目次

大江戸科学捜査
八丁堀のおゆう
ステイホームは江戸で
地図
おゆうの家
本所
両国橋
馬喰町
大川
菊川町
大横川
日本橋
万年橋
常盤町
小名木川
扇橋
八丁堀
深川
萬月
上松屋
相川町
黒江町
門前仲町
大和町
石島町
門前山本町
永代橋
信濃屋
富岡八幡宮

登場人物

おゆう（関口優佳《せきぐちゆうか》）…元OL。江戸と現代で二重生活を送る

鵜飼伝三郎《うかいでんざぶろう》…南町奉行所定廻《じょうまわ》り同心

源七《げんしち》…岡っ引き

千太《せんた》…源七の下っ引き

藤吉《とうきち》…同じく下っ引き

境田左門《さかいださもん》…南町奉行所定廻り同心。伝三郎の同僚

道久《どうきゅう》…材木問屋「信濃屋」の主人

お佳《よし》…道久の後妻

お兼《かね》…お佳の姉。料理屋「萬月」の女将

萬吉《まんきち》…お兼の亭主

吉次郎《きちじろう》…道久の先妻の弟。材木問屋「上松屋」の主人

お登勢《とせ》…吉次郎の妻

嬉一《きいち》…道久の従兄弟の子。信濃屋を手伝う

小兵衛《こへえ》…信濃屋の大番頭

田原玄道《たわらげんどう》…道久の主治医

由木藤十郎《ゆぎとうじゅうろう》…吉見藩江戸詰勘定方

甚五郎《じんごろう》…門前山本町の岡っ引き

宇田川聡史《うだがわさとし》…株式会社「マルチラボラトリー・サービス」経営者
通称「千住の先生」

大江戸科学捜査　八丁堀のおゆう　ステイホームは江戸で

第一章　奇妙な誘拐魔

一

「……感染の急拡大を受けてロックダウンに踏み切ったニューヨークでは、街から人影が消え、タイムズスクエアもご覧の通りです。一方、専門家会議は、感染拡大地域でのさらなる自粛の要請にとどまらず、やはり早急に緊急事態宣言を出す必要があるとの見解を示しており、東京都では……」

ああもう、何てことだろう。関口優佳《せきぐちゆうか》は、肩を落として大きく溜息《ためいき》をついた。たぶん、日本中で多くの人がテレビの前でやっているのと同様に。

正月過ぎまでは、まさかここまで大変なことになるなんて、思ってもいなかった。中国の武漢《ぶかん》での恐慌状態が連日報道されても、対岸の火事であるような意識で見ていたのに。

優佳は居間として使っている部屋で、体をテレビに向けたまま首を回し、背後に目をやった。襖《ふすま》の向こう、廊下の先には納戸の扉がある。それは、ただの扉ではない。納戸の奥にはさらに隠し扉があり、そこを抜けると、古びた階段が下へ、地下深くに導くかのように伸びている。その先にあるのは、地底でも地獄でもない。二百年の時を超え、江戸の真ん中にある一軒の町家の押入れに通じているのだ。つまり、襖の向こうにあるのは、時空をまたぐ扉なのである。

　優佳がこの馬喰町《ばくろちょう》に近い、築百年に達するのではないかと思える古い家を亡くなった祖母から受け継いだのは、もう三年以上も前だ。残された祖母の日記から、江戸への通路があると知り、半信半疑のままそこを通って江戸の町を目にし、呆然《ぼうぜん》とした日のことは、はっきりと頭に残っている。

　その後、江戸と東京で二重暮らしを始め、今に至っているのだが、ここへ来てこんな状況に放り込まれるとは。

「江戸への通路も、ロックダウンしなきゃいけなくなるのかなあ……」

　缶ビールを啜《すす》りながら、呟《つぶや》いた。そんなことは絶対に避けたいのだが、万が一にも、江戸に新型コロナウイルスを持ち込むわけにはいかない。優佳の周囲に感染したという人は一人もいないが、無症状感染者がどれだけいるかは不明、などという報道を見聞きすると、うっかり動くこともできない。と言っても、優佳は江戸での暮らしを既に定着させており、江戸との行き来を完全に止めてしまうことも考えられない。

「たくもう、どうしろってのよ」

　口惜しくて、苛々《いらいら》して、缶ビールを壁に投げつけたくなった。もちろん、そんな勿体《もったい》ないことはしない。

（しょうがない。明日、買い出しに行って、七日か十日くらい自主隔離してから、し

ばらく江戸にいることにするか)

江戸に居続けてこっちに姿を見せなくても、父母や東京の友人には、コロナを避けて巣ごもりすると言っておけば納得するだろう。時々東京に戻ってメールや電話をするにしても、この家から出なければ問題あるまい。コンビニ程度は行かざるを得ないとして、唯一、度々顔を出して物事を頼んでいるあの場所に出向けないのが問題だが、まあそれは何とかなるんじゃないか。

家にあるマスクはせいぜい十枚くらいだし、日本中の店から姿を消しているので、当分買い足すことはできそうにない。この状況ではやはり、江戸暮らしをメインにするしかないだろう。

「あーほんとに、いったい誰のせいなのよ」

中国政府か。WHOか。水際対策に失敗した日本政府か。どこに文句をぶつけていいかわからないまま、優佳は残ったビールを一気飲みした。

八日経《た》った。体調は万全なのに、何もしないで何日も閉じこもるのは、さすがに辛《つら》い。もうこの辺でいいか、と見切りをつけ、優佳は納戸の扉を開けた。

階段を下り、中間にある部屋で江戸の着物に袖を通した。ここから優佳は、江戸東馬喰町に住む女岡っ引き、おゆうに変身する。着替えを済ませ、しっかり帯を締めたおゆうは、さらに階段を下って羽目板を裏から動かし、押入れに入った。羽目板を元通りにして、襖をそっと開ける。見慣れた町家の六畳間が、そこにある。

　おゆうは押入れから出ると、裏にある猫の額ほどの庭に面した障子を開け放ち、精一杯深呼吸した。江戸の天気は晴れ。外出自粛なんか気配もなく、裏店《うらだな》や表通りから、賑《にぎ》やかに人の声が聞こえてくる。おゆうはしばし、解放感を味わった。青空の下で大きく伸びをできるのが、ずいぶんと有難いことのように思えた。

　十分ばかり畳で大の字になっていたら、お腹が空いてきた。ご飯食べに行くか、とおゆうは体を起こす。江戸では台所が貧弱な家が多いこともあり、外食産業や惣菜《そうざい》販売が盛んだ。ちょっと出歩けば、そこそこの飯屋が何軒もある。おゆうは三町ばかり先にある、何度か行った飯屋に足を向けた。東京では無職のため、いつも財布の中身を気にしているおゆうだが、江戸では岡っ引きの仕事の礼金やら何やらで、すっかり小金持ちになっている。カップ麺やコンビニおにぎりを食べている東京より、江戸での方が遥《はる》かに豪華な食生活を送っていた。

　豆腐田楽と大根の入った汁椀《しるわん》、揚げた芋などで昼食にする。この頃には現代で食べられている和食メニューがほぼ完成しているので、違和感なく食事が楽しめた。毎年料理屋の番付が刊行されるほど、江戸の人々は味にもうるさく、グルメシティ東京の片鱗《へんりん》が既に垣間見えている。

ゆっくり味わっていると、亭主がさりげなくゆで卵を膳に置いた。サービスらしい。美人の女岡っ引き、と界隈《かいわい》で評判のおゆうには、時々こんな余禄があったりする。お礼に微笑《ほほえ》みを返すと、亭主の鼻の下が伸びた。

食事に満足して通りに出ると、すぐ先のところで読売（瓦版）を売っていた。どんな話かな、とおゆうはそちらに寄ってみた。中年過ぎの読売の男は、よく通る声で流れるように口上を述べ立てている。

「深川《ふかがわ》の御大尽《おだいじん》と言やあ、昔は紀文《きぶん》、今なら信濃屋《しなの》だ。そいつは皆の衆、知っての通り。さてその信濃屋だが、一代でこの身代を築いた旦那の道久《どうきゅう》さん、大したお人で、若い頃ァ龍神もかくや、鬼も病も避けて通るってぇ按配《あんばい》だったが、寄る年波、寿命って奴にゃあ勝てねえ。とうとう床に就いちまったって話だが、さあここでどうするかってのが跡目のこと。道久さんにゃあ、子がいねえ。そんじゃあ、あれだけの身代を誰が継ぐか。親戚か、奉公人か、それとも他の誰かか。どんな連中がいるのか、ってのかい？　さあそこだ。信濃屋の跡目がどうなりそうか、その辺の事情がこいつに全部書いてある。知りてえかい？　知りてえだろ。一枚たったの四文だ。さあ、買ったり買ったり」

口上が終わったところで、忽《たちま》ち手が十本、十五本と伸びた。銭と引き換えに、次々と読売が手渡される。

おゆうは手を出さなかったが、なるほどなあと妙に感心していた。深川の信濃屋は材木問屋で、読売屋の言った通り、紀文こと紀伊國屋文左衛門《きのくにやぶんざえもん》に比べられるほどの豪商だ。当主道久が一代で身代を築いたというところも似ており、ソフトバンクやユニクロの経営トップ並みのネームバリューがある。その後継、相続の問題となると、これは一般の興味を引くに違いない。現代のワイドショーと同じじゃん、と含み笑いをする。が、そのワイドショーが今やコロナ一色になっていることを思い出し、ちょっと気分が沈んでしまった。

そこで、人だかりからよく知った顔が出てくるのを見つけた。そちらに近付いて、声をかける。

「源七《げんしち》親分、読売を買ったんですか」

いかつい顔が、こちらを向いた。おゆうの仕事仲間、馬喰町で十手《じって》を預かる源七だ。

「おう、おゆうさんか。ここ何日か、見なかったな」

「ええ、ちょっと野暮用で出てました」

自主隔離、なんて言えないし、言っても理解できないだろう。源七は、ただ「ふうん」と応じただけだった。

「もしかして、信濃屋に何か？」

読売を指して聞くと、源七は渋い顔になった。黙っておゆうに読売を差し出す。

「こいつに書いてある通りだ」

小声で、読売の内容を肯定した。おゆうは、さっと目を走らせた。信濃屋の主人、道久が病に倒れ、もう長くないであろうこと。相続人として、後妻のお佳《よし》の他、先妻の弟夫婦やお佳の姉夫婦、道久の従兄弟《いとこ》の子らの名が挙がっていること。その人々の間で揉《も》めそうなこと。そうした内容が、興味本位に誇張して書かれている。いかにもタブロイド紙、という雰囲気だ。

「今の旦那さんには、子供がいない、ってことでしたよね」

「ああ。もともと一人しかいなかったのに、子供のうちに死んじまった。生きてりゃ、こんな面倒なことにならずに済んだのにな」

四人の子持ちの源七からすれば、あれだけの身代がありながら、と首を傾《かし》げたいところだろう。誰もが納得する明確な相続人がいなければ、揉め事が起きるのは当然だ。

「養子を取っておきゃいいのに、それもやってねえんだ。商売に熱心過ぎて、跡目のことについちゃ後手に回っちまったようだな」

「でも源七親分、信濃屋さんのところは縄張りじゃないでしょう。どうして関わってるんですか」

「いや、関わってるってほどでもねえんだが」

源七は、困ったように頭を掻《か》いた。

「信濃屋の今の内儀の姉の亭主、萬吉《まんきち》ってんだが、こいつが馬喰町の生まれで、前から ちょっと知っててな。そんな絡みで、信濃屋の跡目についちゃだいぶきな臭いから、目を離すなって鵜飼《うかい》の旦那に言われてよ」

「へえ、そうなんですか。鵜飼様が」

鵜飼とは、おゆうや源七を配下に持つ南町奉行所定廻《じょうまわ》り同心、鵜飼伝三郎《でんざぶろう》のことである。男やもめの二枚目で、おゆうとは岡っ引きと同心以上の関係、と世間では見られていた。それはその通りであると言えるし（おゆうの希望はそっちだが）、その通りでないとも言える。

「と言っても、まだ何も起きたわけじゃねえし。目配りするにしても、信濃屋は深川の門前仲町《もんぜんなかちょう》だ。ちっと遠いし、あの界隈の甚五郎《じんごろう》も見張ってるわけだしなァ」

伝三郎から言われたものの、源七は気が乗らないらしい。甚五郎は確か門前仲町の北側、門前山本町《やまもとちょう》の岡っ引きだが、仕事に手抜きが多いという噂《うわさ》だ。伝三郎としては、信用が置けないので源七にも出張らせることにしたのだろう。

「鵜飼様としては、甚五郎親分より源七親分の方がずっと当てになる、って思ってらっしゃるんでしょうね」

「なこと言われてもなァ。深川にゃ、使える岡っ引きは大勢いるんだし」

源七はぶつぶつとぼやきながら、おゆうに返してもらった読売を畳むと、懐にしまった。

「じゃあ、こんなものが出てるって、信濃屋に教えて様子を見てくらァ」

源七は軽く手を振って、両国橋《りょうごくばし》の方へ向かった。不満そうに言いながらも、本音は満更でもないようだ。おゆうはその後ろ姿にくすっと笑って、家へ戻った。


家の中をよく見ると、八日ほど留守にしたせいで、うっすら埃《ほこり》が積もっているところがある。おゆうは頭に手拭いを巻いて、箒《ほうき》を使い始めた。この仕舞屋《しもたや》風の一戸建ては、こぢんまりして使い勝手が良く、結構気に入っている。元は店舗兼住宅だった東京の二階建ての家の方が、維持にずっと手がかかった。何しろ古いので、もし老朽化した配管などが駄目になったら、修繕費を捻出《ねんしゅつ》する当てがない。以前、事件を解決したお礼にあの葛飾北斎《かつしかほくさい》から貰《もら》った絵を、いよいよ売りに出すべきか、などと近頃は考えていた。

「おうい、おゆう、いるのかい」

表から、馴染《なじ》みの声が聞こえた。おゆうの気分が、ぱっと明るくなる。

「はあい、鵜飼様、どうぞ」

返事に応えて、伝三郎が座敷に上がってきた。端正な顔を綻ばせ、おゆうに暖かい笑みを向ける。おゆうの頬が、ちょっと熱くなる。

「しばらく留守にしてたようだが、どっかに行ってたのか」

「ええ、ちょっと野暮用がありまして、行徳《ぎょうとく》の方に」

実際には東京の家に閉じこもっていたわけだが、行徳について詳しく聞かれたら、適当にはぐらかすつもりだった。有難いことに伝三郎は、おゆうが普段何をしているかについて、根掘り葉掘り聞いたりはしない。いっそ寺で修養していましたと言ってみるか。自主隔離なんて、修行みたいなものだ。

「ふうん、行徳か。そいつは、千住《せんじゅ》の先生の関わりかい？」

おゆうは、ぎくっとした。

「いいえ。あの先生とは全然関係ないですけど」

これは事実なので、動揺することなく正直に言った。伝三郎も「そうか」と納得したようで、それ以上は言わなかった。おゆうは、気付かれないようほっと息をついた。

「千住の先生」とは、おゆう、いや関口優佳の同窓生、宇田川聡史《うだがわさとし》のことだ。稀代《きたい》の分析オタクで分析ラボの副社長であり、おゆうが江戸と行き来していることを見抜いた唯一の現代人である。近頃では自分でも時々江戸へやってきて、勝手にいろんなものを分析したりしていた。正体がばれないよう、千住界隈に住む蘭学の先生、ということにしてあるのだが、時々大胆な振る舞いにはらはらさせられる。しかし事件捜査には非常に役立ってくれるので、おゆうも文句を言いつつ付き合っているのだった。

それにしても、とおゆうは内心で苦笑する。どうも伝三郎は、「千住の先生」の存在を相当気にしているようだ。そんなに心配するような関係じゃありませんよ、と言ってやった方がいいのだろうが、伝三郎はおゆうとの関係について、どうしてももう一歩踏み込んでこない。いつもこっちが焦らされているので、時々妬《や》かせておくのもいいかもしれない。

「まだ昼間ですけど、軽く飲んでいかれます？」

行徳のことは終わりにしようと、聞いてみた。伝三郎は、どうするかなと小首を傾げたが、まあ顔に出ないくらいはいいだろうと頷《うなず》いたので、おゆうは微笑んで台所に立った。

「ところで鵜飼様、さっき源七親分に会ったんですけど、深川門前仲町の信濃屋さん、厄介なことになりそうな気配があるんですか」

燗《かん》をしながら、聞いてみた。「ああ、そのことか」と伝三郎は僅《わず》かに眉を顰《ひそ》める。

「読売が出てたようだな。見たかい」

「ええ、見ました。何でも、お子がないので親族の間で跡目争いになるような」

「ひと言で言やぁ、そうだ。だがどうも、一癖も二癖もある連中でな。一筋縄じゃいかねえんだ」

伝三郎は、困ったもんだというように腕組みした。

「今のお内儀のお佳さんは、後添いなんですよね」

「ああ。もとは水茶屋にいたんだが、一色町《いっしきちょう》の料理屋で働いてたとき、道久が惚《ほ》れて口説き落としたんだ。五年、いや七年ほど前だったかな」

お佳にしてみれば、大変な玉《たま》の輿《こし》だ。周りでいろいろな軋轢《あつれき》が生じただろう。

「一緒になるとき、揉めたりしなかったんですか」

「表向きは、な。道久が決めたことに、逆らう奴なんているもんか。けどなあ、死んだ先妻の弟で、分家みてえな格好で上松《あげまつ》屋って材木屋をやってる吉次郎《きちじろう》、こいつがどうも、な」

それは、読売に書かれていた相続人候補の一人だ。

「後妻のお佳さんが気に入らないんですね」

「うん。ま、そいつはわからなくもねえが、その女房のお登勢《とせ》ってのも、吉次郎と同じようにお佳を嫌ってるようだ。一方で、お佳の方にはお兼《かね》って姉がいてな。こっちも他の小料理屋で働いてて、そこの旦那だった萬吉と一緒になった。その後お佳のおかげで、萬吉の店はずいぶんと大きくなったんだが、このお兼がまた、気の強え《つえ》女で、吉次郎とは犬猿の仲だ。しかも、妹のお佳とも仲が悪い。あれだけの身代の後添いに収まったんだから、もっと分け前を寄越して当然だろうって腹なんだな」

「あら、まあ、それじゃみんなお互いに嫌い合ってるんですか」

「そうなんだ。世間様の手前、外面だけ装っちゃいるが、互いに顔合わすたんびに火花が飛びそうって有様だ」

やっぱりなあ、とおゆうは嘆息する。

「それに加えて、道久の従兄弟の子で、嬉一《きいち》ってのがいる。信濃屋の手伝いをしてる格好だが、まだ若《わけ》えのに、風流人を気取って遊び歩いてる。こいつも、他の連中と仲が悪い。ろくに仕事もしねえで金を食い潰してやがる、ってわけさ」

「親戚っていうのは、それだけですか」

「ああ。他はもう死んじまってる」

何だか嫌な話だなあ、とおゆうは思う。なまじ金があるおかげで、数少ない親戚同士がいがみ合うなんて。

「信濃屋さんの身代って、どれほどあるんでしょう」

「そうさな。ざっと六、七万両ってとこか」

へえ、とおゆうは目を見張った。伝三郎はさりげなく言ったが、大した金額だ。素早く頭の中で現在価値に換算する。もと経理部OLだっただけに、暗算は人より速い。

(通貨価値を物価比較で補正すると……概算で百五十億か)

マイクロソフトのビル・ゲイツやアマゾンのジェフ・ベゾスに比べたら、ささやかなものだ。だが江戸では、指折りの分限者であることは間違いない。

「それだけの跡目となれば、ちょっと大変ですね」

「ああ。殺し合いが起きても不思議じゃねえだろ」

伝三郎は苦い顔で言うと、おゆうが注いだ酒をぐっと呷《あお》った。

「公平に分けるって話はないんですか」

等分にしても、一人一万両くらいの取り分はあるだろう。それだけでも、並みの大《おお》店《だな》を上回る。だが、伝三郎はかぶりを振った。

「道久に、そんなつもりはねえようだ。それに等分にしたとして、奴らが素直に納得するとも思えねえ」

やれやれ。相続に関する法規がきちんと整備されていれば従うしかないだろうが、そうでなければ諦めはしない、ということか。人の欲を抑えつけるのは、難しい。

「とにかく、何が起きるかわからねえんだ。それで、源七が萬吉を知ってるってんで、探りを入れるように言ったんだが」

「はい、それは聞きました。あの辺を縄張りにしてるのは、門前山本町の甚五郎親分だってことですけど、あのお人は、あんまり頼りにならないんですか」

伝三郎はこの問いに、困ったような笑いを浮かべた。

「何てえかなぁ。どうもこすっからいと言うか……。小銭を稼ぐのは得意だが、難しいことを考える奴じゃねえ。信濃屋のことみてえに、一つ間違うと厄介なことになりそうな話を扱わせるのは、向かねえんだよ」

なるほど、源七なら状況を考えて動くから、下手なことはしないだろう。

「私も手伝いましょうか？」

古典の推理小説に出てくる遺産相続争いみたいだと思ったおゆうは、一応聞いてみた。エルキュール・ポワロや金田一耕助《きんだいちこうすけ》が活躍するような殺人事件が起こる、と予想したわけではないが、興味は引かれる。が、伝三郎は違うことを言った。

「いや、そっちはいい。実は今日来たのは、他の頼みがあってな」

「あら、どんなことでしょう」

「ちょっと妙な話なんだ。奉行所が乗り出すことかどうかもわからねえんだが……」

幾分歯切れ悪く、伝三郎は話し出した。

「このひと月の間に、子供が消えて、二、三日で戻ってくるってぇことが続いてな」

「え……？　消えて戻る？　神隠しですか」

意外な方向の話に、おゆうは首を傾げた。伝三郎が笑う。

「どっかの山里ならともかく、江戸のど真ん中で神隠しってのもなあ。だが迷子にしちゃ、ちょいと妙なんでな」

「勾引《かどわかし》、てことでしょうか」

「だとしても、申し合わせたように二、三日で戻ってくる、ってのが解せねえ。金を取られたわけでもねえし、金のありそうな家の子でもねえ」

「お金が目的じゃない、と」

ふと、嫌な考えがよぎる。

「あの……その子供ですけど、何か悪さをされてる、なんてことは……」

恐る恐る、聞いてみた。伝三郎は察したようで、安心させるように手を振った。

「何を考えたかはわかるが、そうじゃねえ。その子供ってのは、いずれも齢《とし》は三つくらいでな。みんな男の子だ。怪我《けが》もねえし、何かされたってわけでもねえ」

「そうですか。良かった」

性犯罪ではなかったようだと知って、おゆうは胸を撫《な》で下ろした。

「でもそんな年端もいかない子だったら、歩いて遠くへ行くことはなさそうですね」

江戸の年齢は数え年なので、三つということは満二歳だ。よちよち歩きの年頃である。

「そうなんだ。親に相談された町名主も考えあぐねて、俺のところに持ってきたんだが、それが三件もあったんで、放っておくのもどうかと思ってな。お前ならいい知恵があるんじゃねえかと、当てにしてるんだ」

伝三郎は、何とか頼むぜとばかりにじっと見つめてくる。いやだわ、そんな顔されたんじゃ、頑張らないわけにいかないじゃない。

「うーん、わかりました。じゃあ、調べてみます」

「助かるぜ。よろしくな」

伝三郎の顔に明るい笑いが弾《はじ》け、おゆうもつい、「任せて下さい」と笑みを返した。

伝三郎は半刻ほど飲んで、上機嫌で奉行所へ帰っていった。まだ一応は勤務中だったのだ。おゆうは伝三郎を送り出してから、さてどうしようかと考えた。問題の子供と親の、名前と住まいは伝三郎に聞いた。住まいの場所は離れており、親の仕事もバラバラなので、子供の年齢以外に共通点はなさそうだ。もし同一犯によるものだとしたら、目的は何なのだろう。

取り敢えず、親の話を聞くところから始めるしかないな、とおゆうは思った。もう日も傾いたから、明日から始めるとしよう。

二

最初は、一番遠いかなと思った北本所番場町《きたほんじょばんばちょう》の、正平《しょうへい》という左官職人のところにした。正平が仕事に出る前がいいだろうと思い、早起きして朝五ツ（午前八時）過ぎに訪ねてみた。

長屋へ入り、そこだと教えられた障子を叩《たた》くと、狙い通り正平はまだ家にいて、いきなり朝から現れた見知らぬ女に、不審の目を向けた。が、帯に差した十手に気付くと、目を見開いて頭を下げた。

「こりゃあどうも、女親分さんでしたかい。あっしが正平です」

「東馬喰町で、十手を預かってます。こちらの子供さん、一度行方知れずになって間もなく帰ってきた、って聞いたんですけど」

「ああ、そのことでわざわざ。ま、入っておくんなせえ」

正平は熊みたいな髭面《ひげづら》に愛想笑いを浮かべ、おゆうを招じ入れた。家の中にいた女房が、慌てて正座した。四歳くらいと二歳くらい……いや、江戸の言い方では五歳と三歳か。そんな幼い男の子が、びっくりしたようにおゆうを見ている。

「女房のお常《つね》と、倅《せがれ》の建吾《けんご》に正吾《しょうご》です」

紹介されたお常は、おゆうの十手に目が釘付《くぎづ》けになっている。女岡っ引きは、江戸でも珍しい存在なのだ。

「消えたのは、その正吾ちゃんですね」

おゆうは小さい方の子を指して言った。お常が「そうなんです」と答える。

「まだそんなに歩けないんで、遠くへ行くことはないと安心してたら、ちょっと目を離した間にいなくなっちまって」

お常は、そのときの不安を思い出したか、身震いした。代わって正平が話す。

「ひと月近く前の話でさぁ。いなくなったのを誰も気付かなくて。四半刻ぐらい、そのままだったようで」

連れ去られたとしても、目撃者はいないわけか。長屋に侵入して誰にも見咎《みとが》められないことはないだろうから、犯人は木戸の外から正吾を手招いたのではないか。菓子か何かで釣ったのかもしれない。

「何刻くらいのことかしら」

「はい、昼八ツ（午後二時）頃でした。鐘が鳴って、しばらくしてからです」

お常は、申し訳なさそうに言った。自分がもっとちゃんと見ていれば、と悔いているのだ。正吾が何事もなく帰ってきて、本当に良かった。

「帰ってきたときは、どんな様子でした」

「大家さんの家の表で、泣いてたんですよ。いなくなって三日目の、これも八ツ頃でした」

「どうやって大家さんの家に来たかも、わからないんですね」

「へい。やっぱり見た者はおりやせん」

どうやらその刻限、この辺りは人通りが少ないようだ。犯人は、見られないようにきっちり下調べしてあったとも考えられる。

「正吾ちゃんは、話はできますか」

「おっか、とか、ちゃん、とか言えますが、他には、まんま、とか、はあ、とかくらいで」

さすがに証言は採れないか。だからこんな小さい子を狙ったとも考えられるが。

「体に傷とかは、つけられたりしていませんか」

「へい、大丈夫です。そんなことをしやがったら、ただじゃおかねえんだが」

正平は腕まくりして言った。お常は、両手をぎゅっと握った。

「誰かがこんなことをする、心当たりはないですか」

「心当たりって、喧嘩《けんか》ぐらいはしやすが、子供に手ぇ出されるような恨みは、受けた覚えがねえ」

おゆうはちらりとお常を見た。正平の知らないところで、不倫などの秘密を抱えていたりしないか、と思ったのだ。不倫相手の嫌がらせの可能性を考えたのだが、お常の様子は、後ろ暗いところがあるようには見えなかった。

「正吾ちゃん、いなくなっていた間、ちゃんと食べていたようでしたか」

「え？　へい、そのようでした。腹ぁ空かせて泣いてたってわけじゃねえようで」

であれば、誘拐犯はきちんと子供の世話をしていたのだ。やはり危害を加えるつもりは、最初からなかったのだ。

「どうでしょう、親分さん。どんな奴が、こんなことをやったんでしょうか。またやってきたりしないでしょうか」

お常が心配そうに聞いた。おゆうは、「大丈夫ですよ」と微笑んだ。今は全く材料不足だが、一旦帰しておいて再度誘拐されるような理由はない、と思えた。

それから思いつく限りの質問をしてみたが、特に得るところはなかった。自分で迷子になったということはほぼあり得ない、と確信できたものの、犯人像については手掛かりゼロ。次に期待してみるか、とおゆうは腰を上げた。

「おばちゃん」

表に出ようとしたおゆうの背中に、突然子供の声が飛んだ。振り向くと、建吾がこちらをじっと見つめていた。

「おばちゃん」

建吾がもう一度言ったので、思わず睨《にら》みそうになると、お常が気を利かして腕を小突いた。

「おねえさん、でしょ」

言われた建吾は、怪訝《けげん》な顔で首を傾げた。建吾ちゃん、そこに疑問を感じちゃ、立派な大人になれないよ。

「おねえちゃん」

建吾が言い直した。うむ、よろしい。

「正吾を攫《さら》った人、捕まえてくれる？」

おゆうは、はっとした。正平とお常は、建吾の顔を見てからおゆうに視線を向けた。三人とも、期待の眼差《まなざ》しになっている。おゆうは唇を引き結び、深く頷いた。

「私に、任せなさい」

建吾はおゆうを見つめたまま、大きく頷きを返した。


次に行ったのは深川元町《もとまち》、通称下元町と呼ばれているところである。その町の長屋に住む、勘六《かんろく》という荷運び人足の小頭の、由介《ゆうすけ》というやはり三歳の男の子が、一度消えてまた戻ったのだ。

「二十日ほど前でさぁ。二日目に戻ってきたんで、本当にほっとしやしたが、どこのどいつがこんな悪さをしやがるのか」

勘六は、荷運びで鍛《きた》えられた太い腕を振りながら言った。犯人を見つけたら、その腕で即刻、ぶちのめしてやろうという勢いだ。

「いなくなったのは、昼前なんですね？」

「へい。四ツ半（午前十一時）頃でした」

勘六は七つを頭に男女四人の子持ちで、女房が生まれて二月《ふたつき》の末娘に乳をやっている間に、由介はよちよち歩きで木戸のところまで行ったらしい。そこまでは隣家のおかみさんが見ているが、気付いたときにはもういなかったという。

「で、その翌々日に帰ったたんですね」

「夕七ツ（午後四時）の少し前ですかねえ。泣き声がするんで、女房の奴が飛び出してみると、由介が一人で木戸のところで泣いてたんで」

「そのとき、誰も怪しい人は見なかったんですか」

女房のお留《とめ》が、申し訳なさそうに言った。

「由介が戻ったんで、安心して力が抜けちゃって。気が付いて慌てて通りを見回したんですけど、由介を連れてきたのがどんな人でどっちへ行ったのか、もうわかんなくって」

ここでも、目撃者はいないようだ。子供の姿も見られていないということは、荷車か駕籠《かご》を使ったのかもしれない。

「とにかく、由介は一人じゃ木戸から五間も行けやしません。誰かが連れてったのは、間違いないんです。でも誰がどうしてって、さっぱりわからないから、またこんなことがあったらと気が気じゃなくて……」

北本所のお常と同様、お留も心配でたまらないようだ。大丈夫ですからと宥《なだ》め、長屋の住人全部にさらに詳しく聞いてみたものの、ここでも手掛かりらしきものは見つからなかった。これはどうも、行き当たりばったりに攫ったわけではないようだ。

三軒目は、神田鍛冶町《かんだかじちょう》二丁目、下駄新道《げたじんみち》に住む万治郎《まんじろう》の家である。下駄造りの店が多いのでそう呼ばれる町だが、万治郎もやはり下駄屋だった。

「はい、十四日前のことでした。家の裏手にいたはずが、気が付いたら姿が見えなくて、もう一時はどうなるかと。とにかく無事でいてくれと神様仏様に懸命にお願いしていたら、二日目の夕刻にふっと姿を現しましたので。神仏に御礼しながら、泣いてしまいました」

万治郎は、作りかけや完成品の下駄がたくさん並んだ仕事場で、額の汗を拭きながら言った。こちらは正平や勘六と違って、犯人に落とし前をつけさせるより、子供が無事だったことにまず感謝している様子だ。人の好い男らしい。千寿郎《せんじゅろう》というのが子の名で、三歳になるちょっと前の男の子、という以外、他の二人との共通点は見えない。

「女房は身ごもっておりまして、そのときも千寿郎を一人で遊ばせていたんですが、気が付いたらいなくなっておりまして」

ここは長屋ではなく、表が小さな店になった独立家屋だ。長屋ほど人の目が多くないので、裏口から連れ去ったら、誰にも目撃されない可能性が高い。

「あっしがもっと気を付けてりゃ良かったんですが、仕事中はどうしても、そっちに気が入っちまって……」

万治郎は女房に気遣うような視線をむけながら、済まなそうに言った。子供は今のところ千寿郎一人なので、夫婦の気持ちは察するに余りある。心労が妊娠に悪影響を及ぼす可能性だってあったのだ。犯人は、それぞれの家庭の事情など、全く考慮していないのだろう。おゆうの胸の内に怒りが湧いてきた。

「後で両隣にも聞いてみますけど、消えたときと戻ったとき、両方ともそれを見た人はいないんですね」

「そうなんです。泣き声に気付いて飛んで出たら、裏木戸のところで千寿郎が泣いてまして。そのとき、裏路地に人影はありませんでした」

「千寿郎ちゃんがいなくなっていた間、誰からも何も言ってこなかったんですか」

「はい。何の音沙汰もありませんで、却って心配が募るばかりで」

確かに、身代金でも要求された方が、何が起きたか明確になるだけましだろう。何もわからないまま長い間放置されたら、どれほど心が痛むだろうか。二、三日で戻ったのは幸いだったが、それで誘拐の罪が許されるわけではない。

「でも、いったいどうしてうちの子を攫ったりしたんでしょうか」

万治郎は、心底困惑しているという顔で言った。おゆうにも、それは謎だ。万治郎は正平や勘六よりは裕福だが、大金を出せるほどではない。身代金目的でないのは明らかだし、手口から同一犯なのもまず間違いあるまい。犯人は、いったい何をしたかったのだろう。三歳前後の男の子が、何らかの理由で必要だったと思えるのだが、ならばどうして何もせずにすぐ返して寄越したのか。

（ダメだ。わけわかんない）

建吾には「任せて」と請け合ったものの、おゆうは思案に詰まってしまった。

「へぇえ、そいつは面倒な話だな」

おゆうから連続誘拐の話を聞いた源七は、おゆう同様に首を捻《ひね》った。二人は源七の女房、お栄《えい》の経営する居酒屋、「さかゑ」で夕飯の膳を挟んで向き合っていた。

「すぐ返したんだから、攫って売り飛ばす気だったわけでもねえよな」

源七は考えを巡らすように、目を天井に彷徨《さまよ》わせた。

「なあ、ちっと考えたんだが、またぞろ御落胤《ごらくいん》捜し、てなことはねえのかい」

源七の頭に浮かんだのは、以前に小間物問屋の跡取り息子が、大名家の御落胤騒動に巻き込まれた一件だろう。それは、おゆうも考えた。

「この三人の子の両親は、大名家だの旗本家だのとは、全然関わりがないんですよ。私も一応は調べてみたんですけど、大店とかのお金持ちにも縁がないんです。お互い

「家も離れてるし、仕事も違う。生まれたところも違う。念のため聞きましたけど、産婆さんも別々でした」

「ふうん、そうか。その三人の親は、知り合いでさえねえんだな」

の繋《つな》がりも全くないし」

「だとすッと、もう思い付かねえな」

源七は考えるのを諦めたらしく、お栄に熱燗のお代わりを頼んだ。

「はいはい、そんなにせっつくんじゃないよ」

厨房《ちゅうぼう》から、盆に徳利を二本載せて、お栄が出てきた。お栄は近頃だいぶ肉付きが良くなったが、鬼瓦みたいな源七と似つかない、なかなかの別嬪《べっぴん》である。十九のとき、源七が惚れ込んで口説き落としたと噂に聞くが、源七にその話を振っても真っ赤になって答えないので、おゆうは時々、からかいのネタにしている。

「それにしても、やだねえ勾引って。うちにも同じ年頃の男の子がいるから、他人事じゃないよ」

お栄が徳利を膳に置きながら、腹立たしそうに言った。二人の一番下の子がもう少しで三歳になる健太《けんた》だ。十一歳の男の子、栄介《えいすけ》を頭に、女、女、男の順である。四人とも大きな病もなく、元気に育っていた。

「まったく、親の気持ちを何だと思ってんだろう」

お栄はおゆうに、そんな悪い奴は絶対お縄にしてよ、と言った。

「任せて、と大見得切りたいとこだけど、どうも困っちゃってるんですよねえ」

「おゆうさんなら大丈夫だって。少なくともうちの宿六よりは、ずっと頭がいいんだから」

てやんでえ、また亭主を馬鹿にするのかと文句を言う源七を軽く叩いて、お栄は奥に戻った。期待に応えられればいいんだけど。

「そう言えば源七親分、信濃屋さんの様子はどうです」

御落胤、で思い出し、相続争いがどんな具合か聞いてみた。

「おう、それなんだが」

源七は、内緒話という風に声を落とした。

「どいつもこいつも、呆《あき》れるほど仲が悪いようだ。あれだけの身代だからな。いつ死人が出たって不思議じゃねえ始末さ」

「物騒な話ですねえ」

まったくだ、と頷いて、源七は昨日伝三郎から聞いたのと同様の話をした。

「一番何かやりそうなのは、お兼だな。萬吉は、すっかりお兼に鼻面を引き回されてる」

「ずいぶんと勝気な人みたいですね」

「勝気を通り越して、鬼女だな。うちのがあんなじゃなくて、良かったぜ」

源七は厨房を目で示して、ニヤリとした。おゆうも、ふふっと笑う。何だかんだ言って、仲のいい夫婦なのだ。

「お店の方は、今どうなってるんです。道久さんは、臥《ふ》せってるんでしょう」

「ああ、大番頭で小兵衛《こへえ》ってのがいてな。こいつがちゃんと切り回してる」

言ってから、源七は少し唇を歪《ゆが》めた。何かありそうだ。

「小兵衛さんて、どんな人です」

水を向けてやると、源七は先を続けた。

「道久の下で四十年って男で、商いについちゃ腕は確かで、評判もいい。だがな、どうも話してると、腹の内が読めねえ感じなんだよな」

「何を考えてるかわからない、と？」

「まあ何て言うか……仏頂面ってわけじゃねえんだが、思ってることが顔に出ねえ。怒ってるのか喜んでるのかも、見た目じゃわからねえ。そんな奴なのさ」

アガサ・クリスティのミステリに出てきそうな、能面みたいに感情を出さない執事のようなものだろうか。素知らぬ顔をして、実は全てを知っている、というような。

「あ、そうだ。忘れるところだった」

小兵衛とやらについてもう少し聞こうとしたところで、急に源七が言った。

「信濃屋の件で動いてる最中に、ちょいと小耳に挟んだんだがな。本所菊川町《きくかわちょう》の猪牙舟《ちょきぶね》の船頭で、半吉《はんきち》ってのがいるんだが、そこの子が一人、十日ばかり見えなくなってるらしいんだ」

「十日ばかり前から？」

万治郎の子、千寿郎が帰ってきて間もなくのことだ。

「もしかして、齢は三つくらいの男の子なんですか」

「そうなんだよ。けど、あんたが探ってる話と違うのは、日にちが経っても戻ってきた様子がねえ、ってことなんだが」

「戻らないって……それなら、番屋から町役さんを通じて、届が出てるんじゃ」

「いや、それがな。半吉も女房も、大騒ぎしてる様子がねえんだと」

え、どういうことよ。おゆうは訝《いぶか》しんだ。子供がいなくなれば、正平や勘六のように青くなってあちこち捜し回るのが当然のはず。親が心配していない、というなら、子供の行き先を知っているのだろう。親戚に預けたか、どこかに養子に出したか、ではないのか。だが、源七にそう言ってみると、首を横に振った。

「普通の養子なら、どこのどういう家にやった、って近所に言うだろう。子供を預けられる親戚もいねえ。ただ、いつの間にかいなくなった、てぇ具合なんだ」

「それは変な感じですねえ」

源七は、ここで難しい顔になった。

「こう言っちゃなんだが、半吉は六人も子がある貧乏所帯だ。もしかすると、口減らししたんじゃねえかって噂まであってよ」

口減らし、と聞いておゆうはぞくっとした。子供が多過ぎて食べていけないので、こっそり子の命を絶つ、ということはこの時代には少なからずある。もしそうだったら……。

いや、待てよ、とおゆうは思う。山里の貧しい村ならいざ知らず、江戸の街中でそんなことをして、近所にばれないとは思えない。それに、生まれたばかりの子を始末するのではなく、数え三歳の子なのだ。そこまで育てた子を、手にかけたりするだろうか。まず、どうにかして養子先を捜すのが普通だろう。

「さすがに口減らしはないでしょう」

「だろうな。俺もそう思う」

源七も同意した。

「訳ありの誰かに子をやって、口をつぐんでるってのが一番ありそうだ。けど鵜飼の旦那から、あんたが次々に子供が消えては出てくるって話を調べてると聞いてさ。同じ三つの男の子だろ。一応、耳に入れといた方がいいんじゃねえかと思ってよ」

「ええ、確かに気になりますね。ありがとうございます」

関係があるかどうかはわからないが、これは調べておいた方がいいだろう。明日早速行ってみよう、とおゆうは決めた。

半吉の住む長屋は、菊川町河岸《がし》のすぐ前、通りを挟んだところにあった。河岸の通りから降り口があり、その下に猪牙舟が何艘《なんそう》か舫《もや》われている。半吉はその一艘に乗って仕事をするのだろう。貧乏所帯ということだから、舟持ちではなく、どこかの問屋に雇われているのではないか。

源七から聞いた長屋に入ってみた。煤《すす》けた棟割長屋で、板壁の破れ目が目に付く。大家の修繕は、あまり行き届いていないようだ。子供が何人か、石ころを使って遊んでいる。あの中に、半吉の子はいるだろうか。井戸端のおかみさんたちが遠慮のない視線を向けてくるのを無視し、奥へ進んで半吉の家の障子を叩いた。

「半吉さん、いますか。ちょいと話を聞きたいんですが」

「誰だよ。この後、仕事に出るんだぜ」

「御上の御用です。手間は取らせません」

御上の御用、と聞いて、家の中で人が動く気配があり、がらりと障子が開いた。三十五、六と見える、無精髭を生やした背丈五尺五寸余りの大柄な男が、ぬっと顔を出した。

「何だよ」

唸《うな》るように、不機嫌な声を出して睨んでくる。気の弱い相手なら、体格差も加わって威嚇になるだろうが、江戸人としてはかなり上背があるおゆうにとっては、さして脅威にはならない。

「でかい女だな。しかも十手持ちかよ」

半吉は、少しばかり戸惑ったようだ。おゆうは素早く、半吉の肩越しに部屋の中を窺《うかが》った。女房らしい女が、繕い物の手を止めて不安そうな顔でこっちを見ている。いなくなった男の子の他に五人の子がいるはずだが、姿はない。外で遊んでいた子たちの中にいるのだろう。

「三歳くらいの男の子が、いなくなったと聞いたんですが」

半吉の顔に、明らかな動揺が表れた。

「他所へやったんだ」

「養子に出した、ということですか」

「ああ、ああ、そうだ」

「どこへ出したのか、教えてもらえませんか」

半吉の顔に、朱が差した。

「なんでそんなことを聞くんだ。どこにやろうと、御上の知ったこっちゃねえだろう」

言い返す声に焦りが含まれていると感じたおゆうは、さらに言った。

「養子先がどこなのかぐらい、言ってもいいでしょう。それとも、不都合なことでもあるの」

「何だと！　黙って聞いてりゃあ……」

怒りを見せ、一歩踏み出そうとした半吉の目の前に、抜いた十手を突きつけた。

「黙って聞いてりゃ、どうしようっての」

半吉が歯軋《はぎし》りした。女に殴りかかるのは江戸っ子のすることではないし、十手持ち相手に実力行使はまずいとも考えたようだ。「これ以上言うこたぁねえ。とっとと帰りやがれ」と喚《わめ》いて、ぴしゃりと障子を閉めた。その一瞬、女房がひどく辛そうな顔を見せたのに、おゆうは気が付いた。

振り向くと、額を寄せてこちらを窺っていたおかみさんたちが、さっと目を逸《そ》らした。おゆうは半吉の家に背を向け、そちらに歩み寄った。

「ちょっと聞いてもいいですか。半吉さんのところの、三つくらいの男の子のことなんですけど」
三、四人のおかみさんが、互いに顔を見合わせた。どうしようかと迷ったらしいが、一番年嵩《としかさ》のおかみさんが、代表して口を開いた。
「ああ、小吉《こきち》ちゃんのことだね」

「その小吉ちゃん、十日ほど前からいなくなったと聞いたんですが」

おかみさんは、ふうと溜息を漏らした。

「やっぱりそのことか。私らも、どうしたのかと思ったんだけどね」

「半吉さんに、尋ねたんですか」

おかみさんは、心配そうな表情を浮かべて頷いた。

「半吉さんのおかみさん、お八重《やえ》さんっていうんだけどね、そのお八重さんが言うには、頼まれて他所へあげたって」

「その相手について、聞いていませんか」

「うーん、それがねえ。聞いても教えてくれないんだよ」

これはやはり怪しい。おゆうはさらに踏み込んだ。

「正直、どう思います。本当に、養子に出したんでしょうか」

おかみさんは、かなり困った顔をしたが、それでも考えは話してくれた。

「このみんなとも言ってたんだけどね。小吉ちゃんを渡したのは、人に言えない訳があったんじゃないかって。相手が、知られたくない人だとか。何せ、あんまり急だったし、こっちから聞くまで言わないってのも変だったからねえ」

やはりな、とおゆうは思った。しかし、これ以上踏み込むのは難しい。子供を養子にやること自体は違法ではないし、その事情に法に触れるようなことがある、と疑う根拠もなかった。気にはなるが、今はここまでだな、と思って、おゆうはおかみさんたちに礼を言い、長屋を出ようとした。

ふと足を止めた。遊んでいた子供たちが、こっちを見ている。おゆうは一番年上と思える八歳くらいの子に、声をかけた。

「坊や、半吉さんのところの子？」

その子は頷いた。おゆうは少し躊躇《ためら》ったが、思い切って聞いた。

「小吉ちゃんがどこへ行ったか、知らない？」

子供の顔色が、変わった。

「知らねえ！」

いきなりそう叫ぶと、子供はぱっと背を向けて駆け出した。おゆうは暗い気分になって、それを見送った。

三

おゆうの家で報告を聞いた伝三郎は、顰《しか》め面になって腕組みした。

「三件とも勾引に違いねえってのか。攫われるところを見た奴は、いねえんだな。戻ってきたところも」

「そうなんです。同じ奴の仕業と見て間違いないでしょうけど、人に見られないように相当気を付けているようですね」

「親戚や知り合いだから子供がついていった、てことはねえんだな」

「それは確かめました。子供がいなくなったとき、みんな心当たりを捜したそうです」

「攫った奴が男か女か、ってのもわからねえのか」

「ええ。三人の子の親は、子供のつたない言葉からいろいろ思案したところ、男なんじゃないか、って考えは持っていましたが。確かめる術《すべ》はちょっと」

「子供が喋《しゃべ》ってくれる年頃だったらなァ」

あまりの手掛かりの少なさに、伝三郎がぼやいた。確かに子供が証言してくれれば世話はないが、逆に証言できないような幼子だったから、無事に返したのだと言えるかもしれない。それを言うと、伝三郎も首肯した。

「ま、子供が無事だったってのは幸いだが、何のためだったかとなるとなァ」

伝三郎は、思案投げ首の態で欠伸《あくび》を漏らした。ちょっとお疲れ気味のようだ。後で肩でも揉んであげよう。

「ちょっと思い付いたんですけど、人違い、ってことはないでしょうか」

「人違い？」

伝三郎は眉を動かした。

「ええ。三人とも年頃が同じ男の子なわけですから、そういう子供を狙って、攫ってはみたものの、思っていた相手と違ったので返した、とか」

伝三郎は首を捻り、うーんと唸った。

「そいつはどうかなあ。てんでんばらばらの三人を攫っておいて、ああ間違えた、なんて間が抜け過ぎてるんじゃねえか。勾引てのは重罪だ。もっとよく調べて、こいつに間違いないと目星を付けてから攫うだろう」

「……ですよねえ」

確かに、リスクに比べてやり方が雑過ぎる。おゆうは人違い説を取り下げた。

「それで、その半吉って奴の方だが、何か怪しい節があるのか」

伝三郎が話題を変えた。おゆうは頷きかけて、躊躇った。

「怪しいとまでは言えませんが、訳ありなのは間違いなさそうです。ですけど、私たちが首を突っ込むような話かどうか」

町方役人に現代のような民事不介入原則があるわけではないが、忙しいのに身内の揉め事なんかに関わっていられるか、というところが本音だろう。そうした話を解決するのは、大家や町名主の仕事だ。

「半吉んとこの大家は、何て言ってるんだ」

「一応聞いてみましたけど、半吉さんも女房のお八重さんも、何も詳しいことは言わないので、あまり突っ込んだ話ができないまま、諦めた格好だそうです。一時は殺しちまったんじゃないかと疑って、だいぶ気を揉んだと言ってました」

「さすがに、それはなかったんだな」

子殺しをやったのなら、半吉とお八重は暗く陰鬱に沈み、十手を見てもっと動揺しただろうというのが、おゆうの感想だった。

「そう思います。人の心はなかなかわからないですから、絶対とまでは言えませんけど」

「子供たちも、半吉から口止めされてるのか」

「はい。そのようです」

「ふうん。で、お前はどう思う」

伝三郎に意見を求められ、おゆうはちょっと迷ったが、考えていることを口にした。

「売ったんじゃないか、と思います」

「養子にやるとかじゃなく、売り飛ばしたか」

「ええ。表沙汰にできないような形で」

貧乏所帯のことだから、ただ売っただけなら眉を顰められても、強く非難されるほどではあるまい。だが、大家にも事情を話さないというのは、何か知られては困ることがあるのに違いない。

「娘なら岡場所にってことはあるし、赤ん坊なら子供のできない裕福な家に、ってこともあるでしょう。三歳の子、ってどうも中途半端です。人に言えない理由があるんじゃないか、と」

伝三郎は、「ふむ」と呟いて、しばし考え込んだ。

「そうするってぇと、例の三件の勾引との関わりが気になるなあ。半吉の倅も同じ年頃ってのは、偶然とは思えなくなってきたぜ」

手口は異なるが、三件目の勾引の直後に起きたということを考えると、誘拐犯の気が変わって、より安全な方法を採った可能性は、確かにある。

「どうしましょう。半吉の周りを、もっと探りましょうか」

伝三郎は、すぐに答えた。

「そうしてくれ。何かあるとすれば、お前なら見つけられるだろう」

おゆうは信頼に応えるように、伝三郎の目を真っ直ぐ見て言った。

「承知しました」

夕餉《ゆうげ》は、と尋ねたが、奉行所に用事を残しているとかで、伝三郎は帰っていった。残念だが仕方がない。おゆうは、「さかゑ」で少し早い夕飯にしようと出かけた。

だが、「さかゑ」に着いてみると、店は閉まっていた。あれ、定休日でもないのにどうしたんだろう、と思って店の前できょろきょろしていると、突然、裏からお栄が飛び出してきた。血相を変えている。おゆうはびっくりして、声をかけた。

「ちょっとお栄さん、どうしたんです」

「あ、おゆうさん、いいところに来てくれたわ」

お栄はおゆうに駆け寄り、袖を摑《つか》んだ。

「健太が、健太が」

聞いて、ぎくっとした。源七とお栄の末っ子に、何かあったのか。

「健太ちゃんが、どうかしたの」

「いなくなっちまったんだよ！」


お栄と一緒に、三町四方ほどを駆け回った。だが、健太の姿は見えない。よちよち歩きの健太の足では、三町どころか一町も行けていないだろうが、近所の何人かを摑まえても、目撃者は出なかった。

仕方なく、「さかゑ」に戻ると、源七がおろおろしながら二人を待っていた。

「お、おう、おゆうさんも来てくれてたか。まったく、どうなってやがるんだ」

普段のいかつい顔が不安に歪んで、仁王様の泣き顔みたいに見える。

「源七親分、落ち着いて。とにかく中に入りましょう」

背中を叩いて宥めながら裏口を入ると、店に源七の子供たちが勢ぞろいしていた。三人ともうなだれ、九歳の美代《みよ》と七歳の圭代《かよ》は、半べそをかいている。

「おゆうねえちゃん、健太が……」

長男の栄介が、おゆうの顔を見て辛そうに言った。健気《けなげ》にも、責任を感じているらしい。おゆうは安心させるように微笑むと、栄介の肩に手を置いた。

「大丈夫よ。おとうと私が、きっとすぐに見つけるから」

栄介は、それでも落ち着かない様子だ。おゆうは肩をとんとん、と叩く。

「一番お兄ちゃんなんだから、しっかりするのよ。健太ちゃんは、いなくなるまであんたたちと一緒だったの」

鼻水を啜り上げ、栄介が頷く。

「稲荷の裏で、近所の子たちと鬼ごっこしてた。健太は走れないから、祠《ほこら》んところに座らせて美代が見てたんだけど……」

いきなり、美代が泣き出した。

「ごめんなさい、ごめんなさい、あたしが目を離しちゃったんだ」

続けて圭代も大声で泣き出す。

「あたいが悪いんだ。あたいがお稲荷《いなり》さんの鳥居を蹴飛ばしちゃったから、お稲荷さんが怒って、健太を連れてっちゃったんだ」

おゆうは急いで宥めた。

「大丈夫よ。お稲荷さんはそんなことしないから。美代ちゃんのせいでもないよ。ちょっと目を離しただけで、健太ちゃんは遠くに行けっこないんだから」

「ほんと？　ほんとにお稲荷さんは、健太を連れてったりしない？」

しゃがんで圭代の目を見つめ、そうだよ、と言ってやると、少しほっとしたように泣き止んだ。

「心配かけて悪いねえ、おゆうさん」

お栄が後ろから言った。振り返ると、お栄の顔は青ざめたままだ。

「いいのよ。できるだけのことはする。お栄さんは、子供たちをお願い」

お栄は、わかったと言って、子供たちに「さあさあ、そんなに悲しい顔するのは止《よ》しな。いい子にして待ってたら、きっと帰ってくるから」と声をかけ、奥へ連れていった。それを見送ってから、おゆうは源七に言った。

「源七親分、まさかと思いますけど……」

「あ、ああ、俺もそいつを考えてたんだ」

三件の誘拐事件。健太も三歳の男の子。これが四件目でないと考える理由はない。

「でも、もし同じ奴の仕業なら、明日か明後日には帰ってくるってことですよね」

見方を変えれば、寧ろ安心していいとも言える。しかし、誘拐は誘拐だ。

「だ、だといいんだが……畜生め！　ちっとでも手掛かりがありゃあ」

源七は焦燥に駆られている。無理もない。自分の子が攫われたかもしれないというのに、十手が役に立ちそうにないのだ。父親としては、自分で自分を殴りたい心境だろう。

「とにかく、ここでこうしてても始まらねえ。俺はこの辺りで何か見た奴がいねえか、捜してくる」

「あ、ちょっと、千太《せんた》さんや藤吉《とうきち》さんが来てからでも……」

下っ引きの二人が駆け付けるのも待ち切れず、源七は飛び出した。おゆうは追いかけようとして、やめた。まず伝三郎に知らせた方がいい。お栄に告げて奉行所に向かおう、と振り向くと、いつの間にか栄介が奥から出てきて、おゆうを見つめていた。

「おゆうねえちゃん、きっと健太は大丈夫だよね」

「ええ、大丈夫よ。心配しないで」

おゆうは自信ありげに言った。根拠がないわけではない。例の誘拐と同じ犯人であれば、これまで同様、健太を傷つけることはないだろう。

「良かった。おとうだけじゃ危なっかしくて。おゆうねえちゃんがいれば、間違いないよね」

栄介は、安堵《あんど》したように言った。あらあら、お父さんより私の方が頼りになるの。

おゆうは栄介の目を見て、「そうよ、任せてね」と頷いた。今朝、誘拐犯を捕まえてくれと言った建吾の顔が、頭に浮かんだ。

奉行所に駆け付け、伝三郎を呼び出してもらった。ついさっき別れたところなのに、何かあったのかと心配げな顔で出てきた伝三郎に、起こったことを告げる。伝三郎の顔色が変わった。

「何だと！　岡っ引きの倅を狙うとは、何て野郎だ」

「いえ、岡っ引きの子だと知っていたかどうかは、まだ」

「知っていようといまいと、同じだ。事と次第によっちゃ、奉行所の体面に関わる。手配りするから、待ってろ」

伝三郎はそう言い置くと、小走りに奥へ戻った。緊急配備をかけるようだ。早々に知らせて良かった。おゆうはほっと一息ついた。誘拐犯は、源七の子供に手を出したことを、後悔することになるだろう。

宵五ツ（午後八時）になる頃、馬喰町の番屋に岡っ引き二十人ほどが集まった。いずれも、神田から日本橋《にほんばし》までの界隈を縄張りにする連中だ。さして広くもない番屋は人で一杯になり、半数以上は土間に立っている。

「……それでだ、今のところは子供を連れていった、てぇだけで、男か女か、一人か二人かもわからねえ。それで捜せってのは大変だとはわかってる。しかしこいつは、もう四件の勾引をやってるようだ。放っておいちゃ、この先どれだけやるかわからねえ」

真ん中に座った伝三郎は、言葉を切って一同を見渡した。多くの顔に、怒りが見える。自分の子が同様に狙われたら、と考えているのだろう。

「とにかく奴は、十手持ちの子に手ぇ出しやがった。御上を舐《な》めてるとしか思えねえ。お前らも、十手持ちの意地があるなら、草の根分けても見つけ出せ。いいな」

へい、と全員が一斉に応じた。岡っ引きたちは、源七の肩を叩き、心配するな、任せとけなどと口々に励ましをかけて出ていった。源七は、「みんな、済まねえ」と、一人一人に頭を下げている。

「はあ、有難え話だが、あんまり大事になってもなあ」

源七は皆が出てから、困ったような顔で言った。面倒をかけて申し訳ない、というだけでなく、あまり大勢に借りを作るのも具合が悪い、という思いもあるようだ。

「四の五の言うな。お前の子供のことなんだぞ」

伝三郎が窘《たしな》めると、源七は恐縮して俯《うつむ》いた。

「それに、さっきも言ったようにお前だけの話でもない。これ以上、好きに勾引を繰り返させるわけにゃあ、いかねえ」

その通りだった。今はまだ、巷《ちまた》でこれらの誘拐を結び付けて考える者はいないようだが、読売屋などに嗅ぎ付けられると、厄介なことになる。江戸市中の親たちに不安が広がれば、奉行所の面目が立たない。

「源七親分、あれだけの手が入れば、きっと大丈夫ですよ。町中も川筋も、虱潰《しらみ》しにしてくれますから、見た人の一人や二人は見つかるはずです」

落ち込まないでとおゆうは言ったが、源七はそれほどには安心できないようだ。

「そうは言っても、泣いてる子供を連れてる奴なんか、いくらでもいるぜ。舟や駕籠、荷車なんかで隠して運んだら、誰の目にも触れねえかも」

どうもネガティブ思考に陥っているようだ。鬼の源七もやっぱり人の親だなあ、とおゆうは眉を下げる。

「こんなに大勢が一度に動いてるとわかれば、相手もマズいと思って早々に健太ちゃんを返して、行方をくらまそうとするんじゃないですか」

「だといいんだが……いや、逃げられちまう、ってのも良くねえか。こいつにゃ、絶対に落とし前をつけさせてやりてえからなあ」

源七は、複雑な表情になった。

翌日一杯、伝三郎が集めた岡っ引きたちは、手下を使って馬喰町周辺の飯屋、宿屋、駕籠屋、健太が消えた時間に周辺で商売していた棒手振《ぼてふ》りなどへ、次々に聞き込みをしていった。動員された総人数は、百人近くになったのではないか。

しかし、この大捜査網にも拘《かか》わらず、犯人と健太についての有力な目撃情報は得られなかった。いや、子供を連れた怪しい奴、という情報はたくさんあったのだが、多過ぎて確認するのに時間を取られているのだ。

「あっしが聞いただけで六人、あったんですがねえ。調べたら、どれも本物の親子でした」

疲れ切った顔で、千太が言った。続いて戻ってきた藤吉も、同じようなことを報告した。

「子供連れ、ってだけで疑ってちゃ、やっぱりきりがねえ。どうしたもんでしょう」

自分たちの親分のことなので、二人とも食事を忘れるほど懸命なのだが、成果には繋がっていない。これは、発想を変えた方がいいのかもしれない。

「よし、あんたたち。私と一緒に、源七親分の家の周りを今晩から見張ってくれない？」

ああ、と千太が頷いた。

「つまり姐《ねえ》さん、勾引《かどわ》かした奴がこれまで同様、健太を返しに来ると睨んで、そこをお縄にしようってんですね」

「そういうこと。健太ちゃんが無事戻っても、咎人《とがにん》を捕まえなきゃ終われないでしょう」

二人の下っ引きは、合点承知と力強く返事した。


出し抜かれた。結果を一言で言うと、そうなる。

おゆうたちは、「さかゑ」の表と裏、そして念のため、すぐ隣の長屋の大家のところも張り込んだ。今までの例からすると、そのどれかに健太を置いて逃げるだろう、と思ったのだ。木戸が閉まって皆が寝静まっている間には、置き去りにはすまいと思い、夜の五ツから四ツ半（午後十一時）までと、夜明け前の七ツ（午前四時）から見張っていたのだが、誰も現れることはなかった。もしや大捜査が裏目に出て、犯人が恐れをなし、返す気がなくなったのではとおゆうは焦り始めた。時刻は六ツ半（午前七時）になり、通りにもだいぶ人が動き始めている。

そのとき、一人の若者が走ってきて、「さかゑ」の戸を叩き始めた。びっくりしたおゆうは、隠れ場所から飛び出した。まさか、凶報ではあるまいな。

「ちょっと、あんたは誰？」

駆け寄ったおゆうと、戸を開けたお栄とが、ほぼ同時に言った。若者は、首を両方に振って目を白黒させた。

「いやその、怪しい者じゃありません。孝介《こうすけ》と言います。町名主の長兵衛《ちょうべえ》さんに言われてきました」

町名主だって？　おゆうは首を傾げた。この男、町名主の家の雇人か。

「町名主さんが、こんな朝早くに何事ですか」

お栄が聞くと、孝介は息を整えてから言った。

「こちらの健太ちゃんらしい子が、うちにいるんです」

ええっとお栄が声を上げる。

「いったいどうして……」

「私もよくわかりませんが、明け六ツ頃に表で泣き声がしまして、女中が出てみると幼い子が一人で泣いてました。親分さんから健太ちゃんのことを聞いてて、その子の着物がお話の通りだったんで、これはと思い、お知らせに参った次第で」

やられた、とおゆうは天を仰いだ。まさか、町名主のところとは。犯人も、健太を返しに来るとき待ち伏せされるだろうことは、承知していたのだ。完全に裏をかかれた。

「わかりました、すぐ行きます」

そう言うなり、お栄は駆け出した。おゆうは、何事かと駆け付けた千太と藤吉に、捜索に出ている源七を見つけて呼んでくるよう言いつけ、お栄たちの後を追った。

「ああ、良かった。もう、健太、ほんとに心配したんだからね……ほんとに……」

長兵衛の家へ駆け込み、健太の姿を見たお栄は、挨拶も忘れて駆け寄り、ぎゅうっと抱きしめた。

「おかちゃ」

健太が大きな声を出してしがみつく。お栄は安堵のあまりか、泣き出した。長兵衛とお内儀も奥から出てきて、白髪頭を寄せ、良かった良かったと頷き合っている。その様子を見て、おゆうも涙が出てきた。

長兵衛に小声で挨拶してから、しばらく声をかけずに母子の様子を見守った。お栄は、怪我してないか、お腹は空いてないかと次々に聞くが、健太は母親の勢いに戸惑っているようで、目をぱちくりさせて、首を振るだけだ。

微笑んでいると、背後で戸が吹っ飛びそうな勢いで開けられ、目の色を変えた源七が飛び込んできた。後ろから、心配そうな顔の千太と藤吉が続く。

「ご、ご免なせえよ長兵衛さん、あ、みんないたか。健太、健太は。あッ、そこか。おい、お栄、どうなってんだ。健太は大丈夫なのか、ええ?」

「源七親分、落ち着いて下さいな。健太ちゃんは、無事ですから」

おゆうが両手を出して抑えると、源七はほうっと大きく息を吐いた。肩が激しく上下している。余程慌てて来たらしい。

「そ、そうか。やれやれ、寿命が縮んだぜ」

「お前さん、しっかりしとくれよ。健太は元気だよ」

涙を拭きながらお栄が言い、健太を抱き上げた。

「おっとう」

健太が笑い、源七に手を差し伸べた。千太と藤吉が、「ああ、良かった」と張り詰めていた力を抜き、その場に座り込む。源七はお栄から健太を受け取ると、「そうかそうか、お前は強いなあ」と言いながら、高く持ち上げた。健太がきゃっきゃと喜び、源七の顔がくしゃくしゃになった。

しばらくして場が落ち着くと、お栄は改めて長兵衛夫婦と孝介に礼を言い、帰っていった。もう誰にも手出しさせない、と決意したように、しっかりと健太を抱いている。千太と藤吉が、護衛よろしく両脇を固めた。おゆうは、気を付けてとお栄を送り出してから、ようやく岡っ引きの顔に戻った源七と一緒に、長兵衛に事情を聞いた。

「泣き声に気付いたのは、明け六ツでしたね。すぐに表戸を開けたんですか」

「はい。女中と私が、戸を開けました。声に気付いてから、少し経っていましたね。最初は子供が親に叱られているのかと思ったので。でも、ちょっと朝早過ぎるし、叱る声が聞こえないんで、どうしたのかと様子を見に出たんです。そうしたら、あの子が一人で」

　長兵衛の内儀は、なかなか頭の良い人らしく、しっかりと筋道立てて答えた。

「初めに見たときは、捨て子かと思ったんですよ。でも、すぐに主人が源七親分のお子のことを思い出して。見れば年頃も着物も同じじゃありませんか。それで、もしかしたらと孝介をお知らせにやったんです」

「うちの孫も同じような年なもので、気にしておりましたんです。何より、無事に帰って良かった」

　長兵衛が、源七に向けて言った。源七は「気遣いいただきやして、ありがとうございやす」と深く頭を下げた。

「戸を開けたとき、他の人の姿は見なかったんですね」

「ええ。見回したんですが、誰もいませんでした」

　お内儀は、済まなそうに言った。泣き声を聞いてすぐなら、或いは後ろ姿ぐらい見えたかもしれないが、少し経ってからでは無理だろう。

「ただ……」

　お内儀は、おずおずと言いかけた。源七の顔が引き締まる。

「何か気付いたんですかい」

「ええ……健太ちゃんに、おとうかおかあは、ってまず聞いたんです。そうしたら、首を横に振ったんですけど、誰と一緒に来たの、って聞き直したら、おっじ、って」

「おっじ？」

「声が小さかったんですけど、確かにそう聞こえました。それから、おっじと一緒だったの、ってもう一度聞くと、今度は、おっぱ、って」

「おっじと、おっぱですか」

おゆうは源七に顔を向けた。源七の目が鋭くなっている。

「どう思います。健太ちゃんの言う、おっじって」

「ああ。おっじはおじちゃん、おっぱはおばちゃんだ。健太はまだ言葉がはっきりしねえから、そんな言いようをするんだ」

源七の顔に、笑みが浮かんだ。でかした健太、と言いたいのだろう。

「健太を攫ったのは、男と女の二人組のようだな」

「なるほど。三つくらいの子を世話するのは、男手だけじゃ大変ですもんね」

そうともさ、と源七が頷く。

「ふざけた連中だ。どういうつもりか知らねえが、うちの倅を攫うたァ、許せねえ。何が何でも、お縄にしてやる」

健太が戻った喜びに代わって、犯人への怒りが本格的に噴出してきたようだ。ただでさえいかつい源七の顔が、さらに歪んだ。長兵衛夫婦が、気圧《けお》されたようにそれを見つめている。

「さかゑ」に戻ると、お栄は厨房に入って、野菜の下拵《したごしら》えを始めていた。雇われ料理人の兼吉《けんきち》も、一緒に働いている。下っ引き二人は、引き上げたようだ。

「あ、親分、おはようございます。聞きましたよ。大変でしたねぇ。でも、無事に戻って何よりです」

兼吉は、源七の顔を見るなり声をかけた。源七は鷹揚《おうよう》に「おう、心配かけて済まねえな」と返すと、板敷きにどすんと腰を下ろした。

「お栄さん、もうお仕事？」

おゆうが、疲れてるのに大丈夫、と気遣うと、お栄は笑って手を振った。

「一昨日の夕方から店を閉めてたからねえ。今日は開けないと。働いてたら、憎ったらしい勾引連中のことも考えなくていいし」

精神衛生上、忙しい方がいいというわけか。おゆうも、そうねと同意し、奥の様子を窺った。

「健太ちゃんは？」

「ああ、栄介とお美代に頼んだ。今度は絶対しっかり見てるから、ってね」

兄姉たちは、健太が攫われた責任を感じて、埋め合わせしようとしているのだろう。

「ああやれやれ、ひと安心したら眠くなってきたぜ。おいお栄、ちょっと一杯頼むわ」

板敷きで胡坐《あぐら》をかいた源七が言った。お栄が眉を逆立てる。

「何言ってんだい！　今から飲もうってのかい。眠かったらさっさと寝ちまいな」

「いや、取り敢えず祝い酒、と思ってよ。これから、こんなことしやがった奴をとっ捕まえなきゃならねえ。ゆっくり寝てられるもんか」

「寝てられるもんかって、眠くなったところへ飲んだら、誰だって寝ちまうだろ。言ってることが反対だよ」

「てやんでえ、そんなヤワじゃねえや。おゆうさんも一杯やるかい、祝い酒」

「いえ、今はやめときます」

いつもの調子に戻った夫婦を見て、おゆうはほっとした。本当に、一時はどうなるかと思ったわ。

「ああ、健太、駄目だってば」

奥から栄介の声が聞こえ、振り向くと、健太がよちよちと店の方へ出てくるところだった。

「疲れてないのかよ。もう、おとなしく寝とけよ」

ぶつぶつ言いながら、栄介が後を追って出てきた。健太は、全員の注目を一身に浴びて嬉《うれ》しそうだ。スターの素質ありかな、とおゆうは笑う。

ところが、数歩進んだところで何かに躓《つまず》いたか、健太がばたっと前に倒れた。一拍置いて、火が点《つ》いたように泣き出す。栄介が顔を顰めた。

「ほうら、言わんこっちゃない」

兼吉も、厨房から顔を出して笑った。

「元気なもんじゃないですか。何事もなかったみてえだ」

健太は、うつ伏せになって足をばたつかせている。右足の裏にほくろがあるのが、何だか可愛《かわい》いな、とおゆうはまた目尻を下げる。

そこで、妙なことに気付いた。栄介が、健太を助け起こすのを忘れて顔を強張《こわば》らせている。いったいどうしたのだろう。

「ちょっと栄介、早く起こしてやって」

「あ、ああ、ごめん」

お栄に促され、栄介は急いで健太を起き上がらせた。起き上がった途端、満足したようで健太は泣き止んだ。だが栄介は、まだ何か気になるような表情を浮かべている。

「栄介ちゃん、どうかした？」

おゆうが聞いてみると、栄介ははっとしたようにこちらを向いた。

「ああ、うん、ちょっと思い出したんだ。四、五日前のことなんだけど」

「え？　健太ちゃんについて？」

そう、と栄介は頷く。それを聞いて、源七も板敷きから立った。

「何だ栄介。言ってみな」

「うん。表で鬼ごっこしてて、それを健太が見てたんだけど、急に歩き出して、前に倒れちゃったんだ。ちょうどこんな具合に」

「ああ、それで？」

「そしたらね、地面でばたついてる健太を見て、今の兼吉さんみたいに笑ってた人がいたんだよ」

はてな、とおゆうは訝しんだ。子供が転んだ様子を笑って見ていた、と。別に異常なこととも思えないが。すると、おゆうの胸の内を読んだように、栄介が続けた。

「それが、普通の笑い方じゃないんだ。健太の足の方をじっと見て、なんか気持ち悪い笑い方でさ。俺が見てるのに気が付いたみたいで、ニタニタしながら行っちまったんだけど、背中がぞくっとしちゃって」

気持ち悪いような笑い方？　おゆうは源七と顔を見合わせた。

「もしかすると、もしかするかもだな」

源七は、栄介に言った。

「おい、もう一度顔を見たら、そいつだとわかるか」

「うん、わかると思う」

よし、と源七は拳を握って頷いた。

「栄介ちゃん、偉い。よく見てたわね」

おゆうが褒めると、栄介は赤くなった。

「ねえ栄介ちゃん、その男の人、健太ちゃんの足を見てたって言ったね」

「うん、そういう感じだった」

「どうしてだろう。そのとき健太ちゃん、足に怪我したりした？」

「ううん、そんなことなかった」

おゆうは首を傾げた。健太の足に、目を引く何かがあったのだろうか。思い当たるのは、一つしかない。

「ひょっとして……ほくろ、かな」

四

「え、正吾の足の裏、ですか」

北本所番場町の正平の女房、お常は、おゆうの言葉を聞いて怪訝な表情を浮かべた。

正平は仕事に出て留守だったが、確かめたいのはこれだけなので、別に構わない。

「そうなんです。ほくろがあるかどうか、ってことなんですけど」

「ああ……はい」

お常は傍らにいた正吾を抱き寄せると、膝に乗せておゆうに両方の足の裏を向けた。

「この通り、ありますけど」

正吾の右足の裏には、少し位置が違うものの、健太と似たようなほくろがあった。サイズの差はわからないが、そこまで厳密に見る必要はないだろう。

「よくわかりました。ありがとうございました」

「はあ……」

礼を述べるおゆうに、得心のいかない表情を返すと、お常は聞いた。

「これが何か、役に立つんでしょうか」

「ええ、たぶん。何かわかったら、お知らせします」

まだ不得要領なお常をそのままに、満足したおゆうは長屋を後にした。


その日のうちに、下元町の由介と下駄新道の千寿郎の足裏にもほくろがあるのを確かめたおゆうは、半吉の家に向かった。小吉の足裏にもほくろがあればコンプリートだが、小吉自身はいなくなったままなので、親に聞くしかない。先日の様子からすれば、答えてくれるだろうか。

思案しながら半吉の住む長屋の木戸まで来たおゆうは、木戸の外で遊ぶ子たちの中に、半吉の子供の一人がいるのを見つけた。おゆうの質問に「知らねえ！」と叫んで走り去った子だ。おゆうは少し逡巡《しゅんじゅん》したが、思い切って声をかけた。

「こんにちは。私のこと、覚えてる？」

子供の表情が、引きつるように固まった。おゆうはできる限り優しく微笑んだ。

「大丈夫、何もしないから。お名前は？」

「欽太《きんた》」

その子は、おゆうを睨むようにして答えた。

「そう、欽太ちゃん。いい名前ね」

欽太はまだ硬い表情を崩さない。だが、逃げようとはしなかった。他の子たちは遊びを止め、何だろうと見守っている。

「ここにほくろがあるんだ。可愛いね」

おゆうは、欽太の額を指して言った。欽太は、何を言ってるんだコイツは、という顔でおゆうを見返している。

「小吉ちゃんにも、ほくろ、あるの？」

「ほくろぐらい、あるさ」

欽太はあまり考えもせず、言った。よし、これなら大丈夫だ。

「足の裏とかにも？」

欽太は、「はあ？」と目を丸くした。

「小吉の？　ねえよ、そんなの」

「あ、そう……ないの」

予想と違ったか、とおゆうは落胆した。欽太の様子からすると、嘘《うそ》を言っているとは思えない。

「もういいだろ」

欽太はぷいっと顔を背け、遊ぶ他の子たちに再び加わった。おゆうは諦めて、その場を去った。半吉に改めて確認するまでもあるまい。四人の子に共通する特徴である足裏のほくろは、小吉にはないのだ。これはどう考えるべきか。一連の誘拐とは、やはり関係がなかったのか。

おゆうは堅川《たてかわ》沿いに両国橋へと歩きながら、一人で首を振った。どうも納得がいかない。半吉一家に、何があったのだろう。

その晩、おゆうの家に来た伝三郎は、炬燵《こたつ》に潜り込んで背中を丸めると、目を細めた。

「ああ、やっぱりお前のところが一番、落ち着くなァ」

「まあ。そう言っていただけると嬉しいです。何なら、ずっと居続けでもいいんですよ」

そろそろ来るかと、あらかじめ火鉢で燗をしておいた酒を注ぎ、おゆうは伝三郎に身を寄せた。

「そうしたいが、まあ、なかなかそうもいくめえ」

伝三郎は照れたように笑い、盃《さかずき》を干した。あーあ、やっぱり煮え切らないんだから。恨めしいこと。

「しかし、健太のことは本当に良かったなあ。だいぶ気を揉んだが、無事で何よりだ」

改めて、伝三郎が言った。相当心配していたようで、おゆうも「はい、私も身が凍る思いでした」と頷いてみせる。

「で、健太のほくろを見つけたのがきっかけなんだな」

「はい。他の三人には確かにあったんですけど、半吉の子だけは」

「そうか。仕方ねえ、半吉の方はちょっと脇へ置いとこう」

伝三郎は、盃を持ったまま思案を巡らすように、頬を掻いた。

「勾引をやった奴らは、足の裏にほくろのある、三つくらいの男の子を狙った、と。さて、こいつはどういうわけだろう」

「ほくろを目印に、子供を捜してたんでしょうね」

「またしても、御落胤騒動か」

先年巻き込まれた、備中矢懸《びっちゅうやがけ》藩の御落胤事件は、おゆうと伝三郎の記憶に深く残っている。しかし、今回の場合はだいぶ違うように思えた。

「勾引かされた子供は、みんな両親《ふたおや》が揃《そろ》ってるんですよ。ほくろだけを頼りに、実の両親がいる子供を立て続けに攫うなんて、無茶苦茶です」

「だよな。御落胤捜しにそんな乱暴なことをやっちゃ、大名家でもただじゃ済まねえ。下手すりゃ取り潰しだ。もっとよく調べて、慎重にやるだろうな」

「ほくろのある子供を欲しがる理由って、何でしょうね」

「見当もつかねえ。もっと言やあ、二日やそこらで返してきた理由こそわからねえ」

「まったく、ふざけた奴らですねえ」

おゆうは腹立たしくなって、手酌《てじゃく》で盃を呷った。伝三郎が、おいおい、という顔になる。

「だいぶ怒ってるな」

「そりゃそうです。たとえ二、三日でも、子供を攫われた親がどんな気持ちになるか。それを承知のうえでこんなことしたなら、許せないです」

うんうん、その通りだ、と言いながら、伝三郎はおゆうの盃に酒を満たした。おゆうはそれをまた、一気に飲む。

「ほんっとに、可愛い子たちなんですよ……」

おゆうは盃を置いて、嘆息するように言った。

「おや、お前、子供が好きなのか」

「ええ、まあ、嫌いじゃないですよ」

「そうかい。子供が欲しいとか、思うこともあるのか」

おゆうは、うふっと笑った。

「うーん、そうですね、やっぱり……欲しい、かな」

あなたの子なら、と言葉には出さず胸の内で言ってみる。自分で恥ずかしくなって俯いた。

「おいおい、酔っちまったか」

伝三郎が笑いながら、困ったように眉を下げる。

「あ、いえその、ちょっと酔ったかも」

おゆうは小首を傾げ、伝三郎を見上げた。優しい目が、すぐ前にある。顔がだんだん熱くなってきた……。

「だッ、旦那！　鵜飼の旦那、源七です。大変ですよ」

激しく戸を叩く音と共に、全てをぶち壊す大声が聞こえた。おゆうは炬燵に額をぶつけそうになった。えーいもう、何でいつもこうなるのよ！

健太のことも頭から吹っ飛び、激怒したおゆうは炬燵から飛び出して、三和土《たたき》で荒い息をついている源七の前に仁王立ちになった。

「何なんですか、源七親分、せっかく……」

いいところだったのに、という言葉を飲み込んで、源七を睨みつける。が、源七は、弾道ミサイルも撃ち落としそうなおゆうの視線をものともせず、言った。

「殺しだ！　場所は深川石島町《いしじまちょう》の空家だ」

「えっ、殺し？」

一気に冷静になった。それは八つ当たりしている場合ではない。

「殺しだと？　殺《や》られたのは誰か、わかってるのか」

声を聞きつけた伝三郎が出てきた。源七は、呼吸を整えてから言った。

「へい。富岡八幡宮《とみおかはちまんぐう》近くの黒江町《くろえちょう》の料理屋、萬月《まんげつ》の女将《おかみ》です」

萬月？　聞いたことないな、とおゆうは思ったが、伝三郎は何か気付いたようだ。眉が吊《つ》り上がる。

「おい、それって……」

「そうなんで。信濃屋の後添いの姉で萬吉の女房、お兼です」

第二章　枕辺の狐狸たち

五

石島町は深川でもだいぶ奥で、小名木川《おなぎがわ》の南、大横川《おおよこがわ》の東岸沿いにある。両国橋からでも二十六、七町（約二・九キロ）あるので、現場に駆け付けるのに半刻近くかかってしまった。

道々、源七が死体発見に至った経緯を説明した。

「信濃屋の件で、深川の見知った岡っ引き何人かに声をかけてたんですがね。その中の一人から、お兼が近頃、石島町によく行ってると聞きやして」

「ふうん。黒江町からだとちっと遠いな。あんなところに商売の関わりがあるのか」

「いえ、ないでしょう。で、妙だと思って探りを入れてたんですよ。健太のことがあったんで二、三日放ってやしたが、今日の昼、健太を攫った奴を捜しに出ていたら、知らせが来やしてね。お兼が石島町の空家に入った、て聞いたもんだから、出張ってみるかと」

そこで空家の様子を窺ってみたが、あまり静かなのでこっそり覗《のぞ》いたところ、お兼が死んでいた、ということだ。

「その家、他に出入りした奴はいなかったのか」

「あっしは誰も見てやせん。あっしに知らせてきた奴も、お兼が入るところだけ見てすぐ離れたそうで。明日朝から、近所を当たってみまさぁ」

話を聞き終える頃、大横川が見えてきた。時刻はそろそろ宵五ツ（午後八時）になる。

「あれです。あの中にホトケが」

源七が指したのは、川に沿った通りに面した、もとは商家だったらしい間口二間の家だ。そこには番屋から出張ったらしい若衆や小者、町役らが何人も詰め、幾つもの提灯《ちょうちん》のおかげでだいぶ明るくなっていた。遠目には、稲荷の縁日かと思うほどだ。

「ああ、鵜飼の旦那、ご苦労様です」

人々の間から、中年の小柄な岡っ引きが出てきた。おゆうの知らない顔だ。

「おう、扇橋《おうぎばし》の清三《せいぞう》か。どんな具合だ」

「へい。まあ入《へえ》って下せえ。入ってすぐの、板敷きのところです」

清三は案内に立ちかけて、おゆうに目を留めた。

「あんたが東馬喰町のおゆうかい。噂は聞いてるぜ」

「あ、はい、よろしくお見知りおきを」

軽く一礼した。女の岡っ引きに拒否感を示す同業者は多いので、初対面は下手に出るよう心掛けている。が、幸か不幸か清三は無関心のようで、「ああ」とひと言だけ返すと背を向け、皆を中へと誘った。

「この通りでさあ」

清三は、店の売り場に使っていたらしい板敷きを指し、提灯を掲げた。八畳くらいの広さの板敷きの真ん中に、女が手足を投げ出し、仰向けに倒れていた。着物も周りの床も、血だらけだ。提灯に照らされた顔は、呆然としているように見えた。不意を衝かれたのだろうか。年の頃は、三十五、六。裾が多少乱れているが、性的暴行の痕跡はなさそうだ。

伝三郎は板敷きに上がり、どれ、と死骸に屈《かが》み込んだ。

「刺し殺されたようだな」

着物の胸元の裂け目を見て、伝三郎が言った。

「匕首《あいくち》でしょうか」

おゆうが聞くと、伝三郎は首を捻った。

「傷はだいぶ深そうだ。もうちっと刀身の長い、脇差か何かかもしれねえな」

なるほど、とおゆうは頷く。

「しかし、逃げ惑った様子がありませんね。脇差みたいな大きな得物で、真正面から不意打ちは難しいんじゃ」

「もっともだ。ちょいと見てみよう」

伝三郎は死骸に手を伸ばして、横向きにした。

「ああ、やっぱりだ。見てみろ」

伝三郎の視線の先を覗き込むと、腰の辺りに後ろから刺された傷口があった。死骸の下になっていた床には、血がべっとり付いている。

「まず後ろから襲って刺し、驚いて振り向いたところを前からもうひと刺し、ですか」

「そういうことだ。お前、どう見る」

伝三郎が振り向いて言った。おゆうの見立てには、相当な信頼を置いてくれているのが嬉しい。

「傷がそれだけ深いなら、男の力でしょうね。めった刺しなんかじゃなく刺し傷は二か所で、前からのは心の臓を狙ってるようですね。落ち着いて、確実に殺そうとしてます。少なくとも、その場で逆上して殺しに至った、てことじゃなさそうです」

横で聞いていた清三が、ほう、という顔をした。少なくとも、色香で伝三郎をたらし込んで十手を受けたんじゃない、とは示せたようだ。

「男と女の仲がもつれて、てことはあると思うかい」

清三が確かめるように聞いた。まだテストするつもりか。

「ないとは言えませんが、違うと思います。ここは逢引《あいび》きの場所って感じじゃない。でも、最初《はな》から殺すつもりで得物を用意してきたんでしょうから、ここに出入りしてたことと関わりがあるのは間違いないでしょう」

「ふん。俺もそう思う」

清三が渋々、という様子で同意した。合格、というわけか。

「よし、まあそんなところで外れちゃいねえだろう」

伝三郎は満足した様子で立ち上がった。

「清三、ここの持ち主は誰だ」

「へい、家主はこの先の猿江《さるえ》に代々住んでる爺《じい》さんです。ここを借りてたのは駄菓子屋だったんですが、借金作って夜逃げしやしてね。今はどこにいるやら」

「今は借主はいねえんだな」

「そのはずですが、明日、確かめておきやす」

うん、と応じてから、伝三郎は一同に言った。

「殺されてから、まだ半日と経ってねえだろう。今日一日、ホトケ以外にこの家に出入りした奴がいねえか、辺りをうろついてた奴がいなかったか、そいつを調べろ」

清三以下、小者たちが「へい」と声を揃えた。伝三郎は、おゆうと源七の方を向いた。

「お前たちは、亭主の萬吉と信濃屋の方をつついてみろ。あそこの身代が絡んでることは、充分考えられるからな」

「承知しました」

おゆうはすかさず返事した。伝三郎は控えめに言ったが、この殺人の動機は、やはり信濃屋の遺産相続争いである可能性が最も高い。ならば、連続殺人に発展することもあり得る。おゆうは不謹慎にも、大事件の匂いを嗅いで昂揚《こうよう》していた。


一通り店の中を調べたが、遺留品などの手掛かりは見つからなかった。提灯の灯りが頼りなので、明るくなってからもう一度調べた方がいいかもしれない。

半刻後、成果なしと見切った伝三郎は一旦捜索を打ち切り、死骸を運び出すよう命じた。小者たちが、戸板と筵《むしろ》、荷車を用意しに番屋へ戻り、清三は明日朝一番から聞き込みをすると言って、引き上げた。おゆうと源七は、八丁堀《はっちょうぼり》へ帰る伝三郎の後に従った。

「あのなあ、おゆうさん」

歩き出して間もなく、伝三郎から少し離れて、源七が小声で言った。

「悪いが信濃屋の方、任せてもいいか」

源七の済まなそうな顔を見て、おゆうはすぐに察した。

「ああ、源七親分は勾引の方を追っかけたいんですね」

「そうなんだ。健太を攫った奴をどうしても捕まえたい。でなきゃ、枕を高くして寝られねえ」

犯人への怒りだけでなく、お縄にして牢にぶち込むまで、源七もお栄も、心からの安堵はできないのだろう。それはよく理解できるので、おゆうはすぐに了解した。

「はい。こっちはいいですから、源七親分はお栄さんを安心させてあげて下さい」

微笑みを返すと、源七は「恩に着る」と手で拝む仕草をした。

翌日の昼下がり。おゆうは再び、石島町の空家にやってきた。手には、風呂敷包みを提げている。もう一度、自分の手で現場検証をするためであった。

川沿いの通りは行き交う人や荷下ろしする猪牙舟の船頭、人足などでそれなりに賑わっているが、空家にはもう目明しや町役の姿もなく、ひっそり静まり返っていた。おゆうは裏手に廻り、戸を十手でこじ開けて中に入った。現代のように黄色い立入禁止テープで封鎖されているわけでもないから、入るのは簡単だ。

厨《くりや》を通り、殺害現場である表側の板敷きに出た。戸が全部閉められているので薄暗いが、こっそり仕事したいので開け放つわけにはいかない。暗い中でも床のどす黒い血の痕は、はっきりわかった。おゆうはちょっと顔を顰め、膝をつくと風呂敷包みを開いた。指紋採取キットに、証拠品保存袋。ＡＬＳライトにピンセット。科学捜査用の様々な道具が現れる。

これらのうち幾つかは、「千住の先生」宇田川聡史のラボからの借り物だった。いや借り物と言うより、宇田川が勝手におゆうの東京の家に置いていったのだ。せっかくなので、有難く使わせてもらっている。新型コロナが収まるまでは宇田川のラボへも行きにくく、ある程度は自分で証拠分析を行わねばならない、と覚悟を決めたのだ。

（さて、何から取っかかるかな）

お兼の死骸については、運び出される直前、伝三郎たちの隙を見て、髪の毛や爪の間に挟まったものを採取していた。犯人と揉み合ったりしていたら、皮膚片などが見つかるだろう。この家の中からは、何が出てくるだろうか。

おゆうは懐中電灯で室内をぐるっと照らした。肉眼ではっきりわかる指紋はないが、パウダーを使えば多くの指紋が浮かび上がるはずだ。しかし、どれだけの人数が出入りしたかわからないうえ、昨夜の捜索で荒されているので、犯人の指紋を特定することは難しいだろう。

（ま、どれほど指紋があるか、見てみるか）

おゆうはALSライトを取り上げ、点灯した。特定の波長の光を当てることで、見えない指紋を浮き上がらせるという、大変有用な道具だ。おゆうはそれを、柱や床に当ててみた。

思った通り、濃いものや薄いもの、掠《かす》れたものなど、たくさんの指紋が現れた。床には足跡が幾つも重なっている。この指紋や足紋を全部採取するのは、時間がかかり過ぎる。死体に近くて、一番新しそうな奴を捜すか。いや、それは昨夜ここに来た岡っ引きや奉行所の小者のものである可能性が高い……。

ふと、おゆうはライトを動かす手を止めた。床に、ちょっと変わったものがある。

（え？　何、これ。どうしてこんなものが）

浮き出しているのは、足跡だ。それだけなら何も異常ではないが、その足形は、明らかに小さい。どう見ても、幼い子供の足跡だった。しかも、一人分ではなさそうだ。

（夜逃げしたっていう、前の借主の子供かなあ）

そう思ったが、どうも腑《ふ》に落ちない。子供の足跡は、他の足跡の上に重なっているものが多く、ごく新しいものと思われた。

（近所の子が、空家に入り込んで遊んでたのかな）

いや、そんなことはないだろう。戸締まりはされていたし、障子も破れていない。子供が騒いだような痕跡は見られなかった。それに、子供の足跡は皆同じように小さなものばかり。近所の子供たちなら、大きさも様々になるはずだ。どうもおかしい。

（この大きさなら……赤ちゃんに近い。よちよち歩きね。一歳半とか二歳かな。江戸で言うと、数え三歳……）

おゆうは、目を見開いた。まさか、とは思う。だが、調べてみる価値はある。おゆうは指紋採取キットを広げると、足跡、正しくは足紋を採取するため、アルミパウダーを振りかけた。

「えっ、健太の足形？　どうしてそんなもんがいるの」

夕飯の仕込み中の「さかゑ」でおゆうから話を聞いたお栄は、面喰《めんく》らったようだ。何のためなのか、見当がつかないらしい。

「実は、小さい子供の足形がたくさん残ってる空家を見つけたんです。もしかしたら、と思って」

「そうか！　その空家に健太たちが隠されてたかもしれないから、足形を比べてみようってわけね。わかった」

さすがに岡っ引きの女房だけあって、話が早い。お栄は裏の方へ呼ばわった。

「栄介、健太を連れといで」

裏から「はーい」と返事があった。子供たちは、家の裏で遊んでいたようだ。間もなく、栄介と健太をおぶった美代が出てきた。

「なあに、おっ母さん」

「ちょいと健太をそこへ座らせとくれ。足形を採るんだ」

「足形ぁ？」

栄介と美代が、揃って頓狂な声を上げた。

「何でそんなものを」

「あのね、健太ちゃんを攫った奴を捜すのに、役に立ちそうなの」

おゆうが言うと、栄介は目を丸くしたが、すぐに明るく笑った。

「わかった。おゆうねえちゃんが言うなら、間違いないよね」

栄介のおゆうへの信頼は、有難いことに絶大らしい。おゆうは、もちろんとばかりに胸を叩いた。

「じゃあ、墨を持ってくるね」

奥へ行こうとするお栄を、おゆうが止めた。

「あ、墨はいらないの。これを踏んでくれれば」

おゆうは綺麗《きれい》に拭いた塗り物の板を出した。古い化粧箱をバラしたもので、これに足を押し付けてパウダーを振れば、墨を使うより綺麗な足紋が採れる。

「え、これを使うの？」

お栄は意外そうな顔をした。

「ええ。床についていたのと同じ形で足形が採れるので」

「でも、すぐ消えちまったりしないかい」

「大丈夫。そこはうまくやります」

お栄は首を傾げながらも、健太を持ち上げて板の上に乗せた。栄介と美代は、不思議そうにその様子を見ている。

「これでいいかい」

お栄は、健太が降りた板をおゆうに差し出した。健太の足形が、ちゃんとついている。

「はい、これで充分。助かりました」

「何だかよくわかんないけど、お願いね」

お栄が言うのに自信たっぷりの笑みを返し、板を大事に抱えたおゆうは家に急いだ。

家に着いたおゆうは、押入れを開けて潜り込み、東京への階段を駆け上った。石島町で採取した足紋は、既にスキャンして取り込んである。

さっと着替えておゆうから優佳に変身し、座敷に座って健太が踏んだ板にパウダーを丁寧に振ると、可愛らしい足形がくっきりと現れた。それをシートに写し、スキャナーにかける。スキャナーと繋がったノートパソコンは、これも宇田川が置きっ放しにしているものだ。宇田川自身がカスタマイズした指紋照合ソフトがインストールされており、優佳も何とか見よう見真似《まね》で扱うことができた。

だが、取り込んだ足紋を照合しようとして、躓いた。「照合できません」の文字が画面に現れる。どうも、指紋と勝手が違うので対応できないらしい。

「こりゃ困ったな」

優佳は声に出して呟いた。現代の捜査で、足紋を使うことは稀《まれ》だ。ほとんどの場合、犯人は靴か靴下を履いているので、現場に足紋を残すことはまずないからである。宇田川の専用ソフトがそれに対応していないからといって、文句は言えない。

考えた末、やや原始的だが、画像を重ねてみることにした。現在の照合方法が開発されるまでは、こういう方法も採られていたのだから、問題はないはずだ。

画像の重ね方を調べ、サイズを調整し、一時間も悪戦苦闘した揚句、ようやく照合ができた。だが、石島町で採取した足紋は二つや三つではない。こりゃ、徹夜かなと優佳は溜息をついた。

幸い、徹夜には至らなかった。午後十一時になる前、ついに合致する足紋を発見したのだ。その足形は、足紋も指の形も、見事に健太のものと一致していた。拡大しても、ほとんどズレはない。

「ビンゴ！」

優佳は一人で拍手した。石島町の空家に誘拐された子供が隠されていたことが、これで証明された。

（けど、謎は全然解決されてないんだよねえ）

お兼がこの誘拐に、何らかの形で関わっていたのは間違いないだろう。だが、何が目的なのかという問題については、依然として答えの影も見えなかった。

まあいいか、と優佳は割り切った。それは、これから調べる話だ。取り敢えずこの成果に祝杯を挙げようと、優佳は冷蔵庫から缶チューハイを出し、テレビを点けた。十一時のニュースをやっている。キャスターの声が、静かな座敷に流れ出した。

「……政府は七日にも、緊急事態宣言を発令するとの意向を固めました。対象となるのは、東京・神奈川・埼玉・千葉・大阪・兵庫・福岡の七都府県で、期間は一カ月となる模様です。人と人との接触機会を極力減らすため、期間中の外出は自粛を求め……」

昂揚した気分が、次第に萎《しぼ》んでいった。いよいよ、緊急事態宣言か。これでますます、宇田川のラボへは行けなくなってきた。できる限り自分で科学捜査を行うよう、何とかしなければ。優佳は頭を抱え、チューハイを呷った。今夜は、飲んでも酔えないかもしれない。

六

おゆうから足形の話を聞いた伝三郎は、驚きを隠さなかった。

「何てこった。あのお兼が、勾引に関わってたってのか」

「はい。あの空家の隣の醬油《しょうゆ》屋の前は、舟を着けられるようになってます。子供を攫ってから、昼間は屋形船か何かに隠れていて、夜になってから石島町に乗り付けたんじゃないでしょうか」

伝三郎は、うーんと唸った。

「しかしお兼は、いったいなぜそんな真似を……」

言いかけたものの、愚問だと悟ったようで語尾を消した。それはこれから探り出す話だ。

「源七には、この話をしたのか」

「いいえ。どうしようかと思ったんですけど、源七親分が知ったら、頭に血を上らせて、お兼さんのご亭主、萬吉さんでしたっけ。その人を嫌ってほど締め上げるんじゃないかと」

健太を攫った奴に必ず落とし前をつけさせると、意気込んでいた源七だ。暴走してぶち壊しにする恐れがあった。伝三郎は、それもそうだなと納得してくれた。

「それにしても、よくあの空家で子供の足形なんか見つけたなあ。俺たちは、全然気が付かなかったぜ」

「ああ、隅っこの方で何かの板切れの下になってましたからね。見つかり難いです」

ＡＬＳライトで見つけたなどと言えないので、どうにか肉眼でも見える足形を選び、その上に板の切れ端を置いてきた。伝三郎が再度空家を検証すると言い出しても、何とか誤魔化せるだろう。

「そうか。いい目をしてるなあ。何にせよ、お手柄だ」

おゆうは冷や冷やしながら、ありがとうございます、と微笑む。

「次はどうしましょう。やっぱり萬吉さんですか」

「ああ。明日、二人で行ってみるとしようぜ」

はい、とおゆうは力強く頷いた。


伝三郎が奉行所に帰った後、もう一波乱があった。源七が、血相変えてやってきたのだ。何と、栄介を連れている。おゆうは、源七が足形の件をお栄から聞いて、照合結果を聞き出しに来たのかと強張った。が、そうではなかった。

「扇橋の清三から、知らせがあった。あの空家を借りてたのは、治助《じすけ》って男だ」

「治助？　何者です」

「深川相川町《あいかわちょう》で口入《くちいれ》屋の看板を掲げてる。だが口入屋ってのは名ばかりで、半端なやくざ者みてえな奴だ。汚れ仕事をさせるにゃ、うってつけだな」

「そいつが殺しの下手人だと？」

「いや、そいつはわからねえ。けどよ、あんた、健太の足形らしいのを見つけたんだろ。だったら、お兼も治助も、勾引に絡んでるのは間違《まちげ》えねえだろうが」

ああ、やっぱりか。源七は照合結果も聞かず、もうお兼たちが誘拐犯だと決めてかかっている。

「それで、どうして栄介ちゃんを連れてるんです。もうじき暮れ六ツですよ」

「栄介は、健太のことをおかしな目付きで見てた奴を知ってる。面通しをさせるのさ」

そうか。源七は、その男が治助に違いないと考えたのだ。

「でも……」

子連れで危険はないのか、と言いかけたおゆうを源七が遮った。

「わかってる。俺だけじゃ栄介が危ないってんだろ。治助には、清三が張り付いてる。その上であんたが来てくれりゃ、まず大丈夫だ」

まいったな、とおゆうは嘆息した。気が逸《はや》った源七は、多少の危険には目をつぶる気だ。栄介を見ると、目を輝かせている。父親の手伝いをして犯人を追い詰めることに、興奮しているようだ。危ないかも、とは考えていないらしい。これはやはり、一緒に行った方がいいだろう。

「わかりました、行きましょう」

おゆうは十手を帯に差すと、暮れなずむ町に出ていった。

治助のヤサは、間口のごく狭い煤けた家だった。一応は一戸建てで、「口入屋」の看板も出てはいるが、字は当人の手書きだか何だか、綺麗とは言い難い。瓦も何枚か欠けており、こんなところに仕事の斡旋《あっせん》を頼みに来る客がいるのだろうか。看板は役人向けの格好だけ、という源七の説明は正しいようだ。

家の手前で足を止めると、物陰から清三が出てきた。源七に軽く手を上げる。

「おう、済まねえな。奴はどうしてる」

「家の中だ。毎晩のように賭場《とば》に行くから、おっつけ出てくるだろう」

言ってから、清三は栄介に顔を向けた。

「お前、源七の倅かい。怖くねえのか」

「怖くなんかねえ。健太を攫った奴を、おとうと一緒に捕まえるんだ」

「そうかい。偉えじゃねえか」

清三は栄介の頭を撫でてから、おゆうに言った。

「あんたが守《も》り役ってわけか」

女は子供のお守りをしてろ、と言うのか。おゆうはむっとしたが、聞き流した。

「裏口はねえのか」

「見張られてることに気付いちゃいねえ。裏から出るってことはねえさ」

清三が請け合うので、四人は向かいの店の脇に身を隠した。栄介の緊張が、肩に置いたおゆうの手に伝わってくる。暴力沙汰にならなければいいけど……。

四半刻足らずで表戸が開き、男が一人現れた。暗いので、明るい場所まで尾《つ》けないといけない。おゆうたちは、十間ほどの間を保って後ろについた。

ほどなく、居酒屋の前で治助が立ち止まった。縄暖簾《のれん》を分けて顔を出した、別の男と話している。通りがかるのを見た知り合いが、店に誘ったらしい。治助は断ったようだが、その会話の間に、居酒屋の灯りで顔がはっきり見えた。年の頃は三十少し過ぎ。優男風だが、目付きは良くない。着ている綿入れと羽織は、住まいほどくたびれてはいない。近頃の金回りは悪くないようだ。

栄介を見ると、拳を握りしめて唇を引き結び、目はひたと治助に据えられていた。

「栄介ちゃん、あいつなの」

おゆうが小声で聞いた。栄介は、ぐっと力を込めて首を縦に振った。

「間違いねえ。健太を見てたのは、あいつだ」

その一言を聞いた源七が、「ようし」と拳を振った。

「でかした、栄介」

栄介が「おとう、あいつを」と源七を見上げる。任しとけ、と源七が栄介の肩をぐっと摑んだ。

「清三、裏から先回りして、次の角で奴の前を塞いでくれ。挟み撃ちだ」

わかった、と清三が小走りで裏道に消えた。

「おゆうさん、栄介を頼む」

源七は治助の後を追い、間隔を詰めていく。治助はまだ気付いていない。

三十間ほど行ったところで、治助の前に清三が飛び出した。治助が、ぎょっとして止まる。

「治助だな。ちょいと聞きてえことがある」

清三が十手を出した。次の瞬間、治助はぱっと身を翻した。が、走り出そうとした鼻先に、すぐ後ろに迫っていた源七が十手をかざした。

「逃げようってのか。そうはさせねえぜ」

治助は目を剝《む》き、歯嚙《はが》みすると、源七を突き飛ばそうと踏み出した。途端に、源七が思い切りその脛《すね》を蹴り飛ばした。治助が顔を歪め、地面に膝をつく。その頭を、源七が十手で殴りつけた。治助がのけぞり、割れた額から血が飛んだ。おゆうは慌てて、栄介の目を覆った。源七親分、やり過ぎだよ。

「ふざけやがって。今度暴れたら、両腕をへし折ってやる」

鼻息荒く怒鳴り、源七は取り縄を出して呻《うめ》いている治助を縛り上げた。本来、逮捕権は与力同心にしかないので、岡っ引きがその指図もなく逮捕はできないのだが、源七は頓着する様子もなかった。

「おゆうさん、俺たちはこいつを、この先の佐賀町《さがちょう》の番屋に連れていく。悪いが、栄介を連れて帰ってやってくれ」

源七がおゆうに言い、栄介には「よくやったぞ。明日、何か買ってやる」と笑みを向けた。栄介は「うん」と誇らしげな笑みを返した。

「源七親分、栄介ちゃんを送ってから、鵜飼様を呼んできます。それまで、無茶なことは」

釘を刺すと、源七は「ああ」と応じてから、また治助を睨みつけた。伝三郎が来るまでに、半殺しにしてなきゃいいんだけど。

永代橋《えいたいばし》を渡りながら、まだ昂揚している栄介に声をかけた。

「栄介ちゃん、よくあいつの顔を覚えてたわね」

「うん。健太に変なことされちゃいけないと思って、しっかり覚えたんだ」

言ってから、唇を噛んだ。健太の誘拐を防げなかったことが、まだ口惜しいのだ。

「もう大丈夫。悪い奴は、おとうと私がきっと牢屋に入れるから」

「わかってる。また変なのが来ても、健太にも美代たちにも、手出しなんかさせない」

頼もしいお兄ちゃんだわ、とおゆうは微笑みを浮かべる。

「栄介ちゃん、おとうみたいな立派な岡っ引きになれそうね」

「おれ、八丁堀の同心になりてえ」

あら、そう来たか。栄介を見ると、冗談でなく真剣らしい。困ったな、とおゆうは思う。身分差があるので、それは普通、無理だ。でも、と頭の中で素早く計算してみる。明治維新まで四十五年。近代警察が発足する頃、栄介は五十代後半だ。やっぱり駄目か。栄介の息子なら、あるいは巡査になれるかもしれないが。

「そうね、なれるといいわね」

夢を壊すのも悪いので、そう言ってやった。栄介は、にっこり笑った。


栄介を「さかゑ」に送り届け、伝三郎を呼び出して一緒に佐賀町の番屋に着いたのは、もう五ツ半（午後九時）に近かった。

「おう、源七に清三、ご苦労。治助は……」

番屋の戸を開け、言いかけた伝三郎は土間に座らされた治助を見て、顔を顰めた。おゆうは、「あちゃあ」と顔を覆った。恐れていた通り、治助は人相も良くわからないほどボコボコにされていた。

「あのなあ、源七」

伝三郎が呆れ顔で嘆息すると、源七はきまり悪そうに頭を掻いた。

「す、すいやせん。ちいっと力が入っちまって」

力が入ったというレベルではなさそうだが。

「健太のことで頭に来てるのはわかるが、これじゃまともに話もできねえだろうが」

「いや、どうも、おっしゃる通りで。申し訳ねえ」

謝る源七の後ろから、清三が取りなすように言った。

「でも旦那、こいつ、洗いざらい吐きやしたよ。お兼に雇われて勾引をやったのは、間違いねえそうで」

「そうか。やっぱり、勾引を企《たくら》んだのはお兼か」

清三の言葉を聞いて、伝三郎は源七の過剰暴行を咎めるより、犯行の解明の方に気を移したようだ。代わりにおゆうが睨んでやると、源七は気まずそうに目を逸らした。

「理由《わけ》は聞いたのか」

「いえ、それが、理由は聞くなと言われたそうで。二十両って大金で頼まれたんで、治助も余計なことは知らねえ方がいい、と割り切ったようです」

「ふうん。頼まれたのは、足の裏にほくろがある三歳くらいの男の子を攫う、ってことだけか」

「へい、そうです」

「じゃ、攫った子供をすぐ返したのは、どういうわけだ」

「それなんですがね。攫った子をお兼に見せて、お兼がいろいろと検分したそうなんです。で、お兼が首を横に振ったら、その子は返すってことになってたんでさあ」

「じゃあ、ほくろと年格好以外にも何か条件があって、それは連れてきてからお兼さんが詳しく見ないとわからなかった、てことですね」

おゆうが言うと、清三は面倒臭そうに「らしいな」と答えた。

「おい治助、今までの話、間違いねえんだな」

伝三郎は、治助の前にしゃがんでその目を覗き込み、念を押した。治助からは、「へえ」という押し潰したような呻きが返ってきた。しばらくは、まともに喋れないようだ。それ以上は聞けそうもない、と悟ったらしく、伝三郎はすぐに立ち上がり、おゆうに向かって言った。

「こいつぁやっぱり、萬吉を締め上げなきゃならねえな」

はい、と答えたところで、源七が脇から乗り出した。

「へい、きっと口を割らせやす」

伝三郎が渋い顔をする。萬吉は、源七の以前からの知り合いだ。知らない相手より、余計に許し難いと思うのではないか、と懸念したのだろう。

「お前は駄目だ。治助みてえなやくざ者はどう料理しようと知ったこっちゃねえが、真っ当な商売をしてる萬吉をこんな風にしちまっちゃ、上の方に言い訳するのが大変だ」

伝三郎さん、職業差別は良くないよ。

「だから萬吉のところは、俺とおゆうで行ってくる。お前と清三は、お兼殺しの方を洗え。あの空家に近付いた奴が他にいねえか、界隈を調べるんだ」

源七は不満そうだったが、承知しやしたと頭を下げた。

富岡八幡宮の近傍は江戸の新興グルメスポットで、多くの料理屋が軒を連ねている。以前にはその中の一軒がおゆうたちの手がけた事件に関わり、潰れたこともある。萬吉の経営する「萬月」は、富岡八幡宮の別当寺（神社を管理する寺）である永代寺《えいたいじ》の少し西側にあり、信濃屋からもほど近い。

おゆうと伝三郎は、朝のうちに萬月を訪れた。お兼が殺されて間もないので、店は忌中の張り紙を出して休んでいる。だが、伝三郎の姿を見た番頭が、すぐに戸を開けて奥へ通してくれた。お兼殺しの捜査だ、と思っているに違いない。

座敷に通されると、先に待っていた萬吉が畳に手を付き、伝三郎とおゆうを「御役目ご苦労様でございます」と丁重に迎えた。

「このたびは、誠にご厄介をおかけいたします」

萬吉は小柄で小太り、柔和そうな顔に沈痛な表情を浮かべている。女房が殺されたことに打撃を受けているように見えるが、本当のところはどうなのだろう。

「改めまして、お内儀のこと、お悔やみ申し上げます」

おゆうがそう挨拶すると、萬吉は恐縮した様子で「痛み入ります」と受けた。

「さて萬吉、調べが進むうち、幾つか聞かなきゃならねえことが出てきてなァ」

伝三郎が言うと、萬吉の顔が強張った。

「はい、どのようなことでございましょう」

「治助を雇って、子供を勾引かした理由を知りてえんだわ」

単刀直入に斬り込んだ。萬吉の顔が、見る見る真っ青になった。

「そ、それは……その……」

「治助は吐きましたよ。勾引がどれほどの罪か、わかってますよね。言い逃れはできませんよ」

おゆうが詰め寄ると、萬吉は小刻みに震え出した。

「これだけの店を構えながら、勾引をやるってのはよっぽどのことだ。考えられるとすりゃ、信濃屋絡み。あれだけの身代のためなら、危ない橋を渡ろうって気にもなるだろう。違うかい」

萬吉の震えが酷くなった。おゆうが駄目を押す。

「どうやら当たりのようですね。すっかり話してもらいましょうか」

「お、恐れ入りましてございます」

萬吉が平伏した。伝三郎が、これでよし、と口元に笑みを浮かべた。

「ご賢察の通り、事の起こりは信濃屋からでございます」

萬吉は、額に汗を浮かべて話し始めた。震えが、声にも表れている。

「ご承知のように、信濃屋の道久様は三月前から、重い病で臥せっておられます。医師の見立てでは、心の臓がだいぶ弱っておりまして、半年保てばいい方ではないか、と」

「うむ。身代を誰が継ぐかで、いろいろとあるとは聞いている」

「はい。近しい者としては、亡くなりましたお兼と私の他、道久様の後添いでお兼の妹のお佳さんと、先のお内儀の弟の吉次郎さんとその嫁のお登勢さん、道久様の従兄弟の子で嬉一さん。あと、店の方には大番頭の小兵衛さんがいます」

前に源七から聞いた通りの構成だ。信濃屋のような大店の親族としては少ないだけに、相続争いもかなり濃いものになるだろう。

「ところが、急に道久様が、自分には孫がいる、と言い出されまして」

「孫ですって？」

おゆうは目を見張った。

「道久さんのお子は、子供の頃に亡くなったと聞きましたのに、どうして孫がいるんですか」

「はい。手前を始め、一同がびっくり仰天いたしましたのですが、道久様がおっしゃるには、若い頃、手近な材木を求めて、行商をしつつ関東一円を回っておりますとき、武蔵《むさし》の吉見《よしみ》の御城下で、土地の娘とねんごろになったとか。ですが添い遂げることはできず、泣く泣く別れたそうです」

　おゆうが巷で聞いている話によると、道久は元は道太郎《みちたろう》といい、川筋の材木人足の倅で、父親は悪徳商人にこき使われた揚句、事故で死んだ。安全を無視して乱雑に積んだ丸太が崩れ、下敷きになったのだ。道太郎は、人に使われるより使う方にならないと駄目だと心に決め、家を出て商家に入った。やがて小間物の行商を始め、小金を貯《た》めた頃、武蔵近郷で材木に使えそうな山を探した。父親のおかげで材木の目利きができたのが、幸いした。

　道太郎は、齢《よわい》二十四で勝負に出た。有り金をはたき、借金までして山を買ったのだ。が、ろくに伝手《つて》もないままで材木を買ってくれる店は、なかなか見つからなかった。もう駄目か、と覚悟したとき発生したのが、世に「行人坂《ぎょうにんざか》の火事」と言われる明和九年（一七七二年）の大火である。輸送距離の短かった道太郎の材木は、需要に応えてすぐに高値で売れた。その儲《もう》けを元手に信濃屋を開き、道太郎は道久と名乗るようになった。以来五十年、その商才をフルに発揮して、巨万の富を築いたのである。

「つまり……その吉見の娘に子ができていた、てえことか」

伝三郎が言うと、萬吉は「左様で」と答えた。おゆうは頭の中で勘定する。吉見城下の娘が道久の子を宿したのは、道久が山を買う前だから、五十二、三年前だ。そのとき生まれた子の子供が、今、三歳？

「どうして今頃わかったんです。道久さんが、調べさせたんですか」

「そうなのです。道久様は近頃になって、人を頼んで吉見の娘さんを捜させていたのですが、去年の暮れ、ようやく消息がわかったそうで」

「その娘さん、どうなったんですか」

「はい、聞きましたところでは、名前はお藤《ふじ》さんといいまして、道久様の子を身ごもったのがわかり、勘当同然に嫁に出されたとか。城下に近い村のお百姓のところです。そこで男の子を産んだのです」

「その男の子の子供が、捜しているお孫さんですか。でも、ずいぶん遅くに生まれた子なのですねえ」

「はい。最初の女房が子を為さぬまま亡くなり、後添いを迎えて、五十を過ぎてようやく授かった子だとか」

「お藤さんの息子さんは、ご存命ではないのですか」

「はい。息子さんは、後添いと一緒に商いをしようと江戸に出たのですが、後添いは体が弱かったようで。江戸の暮らしに慣れなかったのか、産後の肥立ちが悪く亡くなりまして。そのすぐ後にお藤さんの息子も亡くなり、孫はどこかに貰われたようなのですが、行方がわからないのです」

「二人とも、江戸で亡くなっているのですか」

「そのようです。ですが住まいがわからず、捜しようがなくて」

「もしかして孫の手掛かりは、足の裏のほくろ、ですか」

「おっしゃる通りです。道久様の足の裏にも、ほくろがございます」

　代々の遺伝、ということなのだろうか。

「で、道久は何と言ってるんだ。その孫に、身代を継がせたいってのか」

「はい。孫を捜し出してきた者が後見になり、孫が成人するまで助けろと言われました」

　つまり孫を連れてきた者は、道久の死後十数年、信濃屋を事実上我が物として支配できるわけだ。その間に、身代を乗っ取ろうと思えばそれも可能だろう。

「そうか。それでお前とお兼は、ほくろのある子供を見つけて勾引かし、信濃屋の孫に仕立て上げようとしたんだな」

　伝三郎が目を怒らせた。おゆうも憤然とする。自分の欲のために、幼い子供を誘拐するなんて許し難い行為だ。親の気持ちを何だと思っている。

「も、申し訳ございません。私は止めたんですが、お兼は聞く耳を持たず……」

「全部女房におっかぶせるつもりか！」

伝三郎が一喝した。萬吉は、畳に伏せたまま顔を上げられないでいる。

「お……お兼は、妹のお佳が信濃屋の後添いになったのが気に入らず、恨んでいると言ってもいいくらいでした。この店も、お佳さんの縁で信濃屋さんからかなりの額を助けていただいたのに、それでは満足せず、私がいくら言っても、もっと貰えて当然だというようなことを、常々口にしまして」

「それで孫のことを利用して、何が何でも信濃屋の身代をいただこうと企んだんですか」

おゆうは半ば呆れて言った。事実だとしたら、何と欲深な女だろう。

「お兼さんは、勾引かした子供をいちいち検分して、道久さんの血筋に明らかに似ていないと思える子は、そのまま帰していたんですね」

「その通りでございます」

「もし、条件に合った子だったら、どうするつもりだったんです。そのまま、取り込む気だったんですか」

「い、いえ、そのときは両親に事情を話して、子供を譲ってもらおうと。代わりに、相当な金額を払わせていただく、ということで」

「何て身勝手な！」

おゆうは思わず声を荒らげた。萬吉が縮こまる。

「まったくお恥ずかしい次第で、子供たちの親御さんには、お詫《わ》びの言葉もございません」

どういう神経だ、まったく。金を払えばどんな親でも納得すると、本気で思ったのか。

「で、お前は、女房がそんなことを続けるのを止めようとして、刺し殺しちまったというわけだな」

伝三郎が、確かめるように言った。欲にかられて暴走する女房を説得する術もなく、これ以上の罪を重ねないうちに、と考えたなら、その点は同情できなくもない。ところが、それまで伏せたままでいた萬吉が、ぱっと顔を上げた。

「め、滅相もない。私は、女房を殺してなどおりません」

「何だと！　この期に及んで、言い逃れしようってのか」

多少同情しかけていた伝三郎が、怒りを露《あら》わにした。それでも、萬吉は必死の表情だ。

「本当です。お兼が殺された時分、私はずっと店におりました。昼八ツ頃に寄合から戻った後、店から一歩も出ておりません。それは、店の者に聞いていただければわかります」

萬吉の訴えを聞いたおゆうと伝三郎は、顔を見合わせた。

すぐに店の者を呼んで順番に聞いてみたが、萬吉の言う通りだった。あの日、お兼は八ツ前頃に店を出たそうだ。萬吉は、お兼が出かけた後ずっと店にいて、夕食営業の準備をしており、少なくとも十人がその姿を見ている。石島町までは二十町（二・二キロ）くらいあるので、往復して殺しをやるには、半刻以上が必要だ。そんなに長い間、姿が見えなかったことはないと皆が口を揃えた。脅されたり買収されたりして、嘘をついているようには見えなかった。

「これだと、萬吉は下手人じゃありませんね」

そう断定するしかない。アリバイは完璧だ。

「まったく、どうなってやがるんだ」

伝三郎は、苦虫を嚙み潰したような顔をしている。

「とにかく、萬吉はしょっ引こう。勾引を知ってて、御上に知らせなかったんだからな」

共犯か、少なくとも従犯であることは間違いない。おゆうは、はい、と応じて座敷に戻り、気が抜けたように座り込んだままでいた萬吉を立たせ、縄をかけた。萬吉は一切、抗《あらが》おうとはしなかった。

七

萬吉を番屋に留置し、基本的な尋問を行ってから、伝三郎は門前山本町の甚五郎を呼び出した。料理屋萬月は、甚五郎の家から二町ほどしか離れていない。何をしてやがったんだ、と言いたいのだろう。

「旦那、申し訳ねえ。まさか萬吉とお兼が、そんなことに手を染めていようたァ……」

番屋に現れた甚五郎は、ひたすら恐縮する様子であった。しかし、おゆうが見るところ、どうも軽薄そうだ。体型は小柄で丸っこく、萬吉とよく似ていた。

「おう、あんたが東馬喰町のおゆう姐さんかい。噂通り、大した別嬪だねえ」

甚五郎は、おゆうにおもねるような笑みを見せた。気持ち悪い奴だ。おゆうが伝三郎の女だと承知して、おべっかを使っておこうという肚《はら》だろう。源七が当てにならない奴だと言うのも、もっともだ。

「お前、信濃屋の様子がどうなってるのか、ちゃんと摑んでねえのか」

伝三郎がきつい声音で言うと、甚五郎は慌てて言い訳する。

「いえ、ちゃんと気は配ってやすよ。しかしまあ、あれだけの大店ですからねえ。内々の話までは、なかなか聞けねえんで。商いの邪魔になってもいけねえし」

「それを聞き出すのが岡っ引きの仕事だろうが。この頓馬め」

甚五郎は、へらへらと頭を掻いている。それが伝三郎の気に障ったようだ。

「ニヤついてる場合か！　勾引に殺しなんだぞ。どれほどの大店だろうと、周りでこんな大事が起きてるんだ。気遣いなんぞしてられるか」

甚五郎が、首を竦《すく》める。

「この後、萬月の店の中を一通り調べる。人数を集めろ。それから明日、俺が信濃屋に出向く。関わりのある親族連中、みんな揃うように言っとけ。わかったな」

甚五郎は、わかりやしたと言って、それ以上叱られるのを避けたか、すぐ飛び出した。伝三郎は、溜息と共にそれを見送った。

「あれじゃ、頼りになりませんねえ。鵜飼様が源七親分に、信濃屋を探るようおっしゃったのも、わかります」

おゆうが言うと、伝三郎は「ふん」と鼻を鳴らした。

「甚五郎も、丸きりの馬鹿ってわけじゃねえんだ。しかしどうも、裏表のある奴でなあ」

「手抜きが多いとは聞きましたけど、他にも何か」

「あの野郎、信濃屋からだいぶ貰ってるはずだ。たぶん、萬月からも」

そうか。甚五郎は信濃屋に飼われているのだ。そういう例は、決して珍しくない。であれば、甚五郎の信濃屋に関する報告が、まるで信用できないのも当然だった。面倒の種にならなければいいのだが。


翌日午前、伝三郎はおゆうと源七を従えて、信濃屋に乗り込んだ。信濃屋の店は、町の半分以上を占めるのではないかと思うほどの大きさで、間口は二十間余りもある。奥行きはさらに深く、木工場も作られている。敷地全部を使えば五十階建ての超高層ビル一棟くらい、楽に建てられそうだった。店とは別に、広大な貯木場も持っていると聞く。

（一代でこれだけのものを築き上げるって、やっぱただ者じゃないわねえ）

少し度肝を抜かれそうになったおゆうは、ビル・ゲイツやジェフ・ベゾスに比べりゃ取るに足らない、と気分を落ち着かせてから、暖簾をくぐった。

「これは鵜飼様に親分さんがた。御役目ご苦労様でございます」

五十くらいの堅苦しそうな男が膝をついて出迎え、支配人を務める大番頭、小兵衛と名乗った。源七は、こいつも勾引の一味かというような厳しい目で睨んでいる。小兵衛は動じた様子もなく、三人を奥へ案内した。廊下は何カ所も曲がってどこまでも続き、大名か旗本の屋敷のようだ。

通されたのは、十二畳ほどの広い座敷だった。そこには男三人と女二人が待っており、おゆうたちが入っていくと一斉に頭を下げた。伝三郎が上座につくと、小兵衛は末席に下がった。おゆうと源七は、伝三郎を挟んで座った。

まず挨拶したのは、右手に座る女。内儀の、お佳であった。

「本日はわざわざのお越し、誠に恐れ入ります。当主道久は生憎《あいにく》臥せっておりますので、ご挨拶はご容赦のほど、お願い申し上げます」

丁重に述べたお佳は、齢三十三。ずっと若い頃は水茶屋で大人気だったと聞く。現代で言えば、ナンバーワンのキャバ嬢だ。だが、おゆうが見たところ、超絶美女というわけではない。化粧が控えめなせいもあるだろうが、死に顔しか見ていないものの、姉のお兼の方が美人だったのではないか、と思えた。恐らく、美貌よりは客あしらいの上手さで、人気を得たのだろう。

続いて、お佳の向かいの五十代後半らしい半白髪の男が言った。

「上松屋吉次郎でございます。こちらは女房のお登勢です」

道久の先妻の弟か。妻のお登勢は、白髪を染めているらしく、五十過ぎとしては若く見える。が、その目を見たおゆうは、何となく底意地の悪さのようなものを感じ、嫌な気分がした。吉次郎も、表情は穏やかだが、腹に一物ありそうだ。何だか、伝三郎や源七から聞いた前評判のおかげで、どいつもこいつも怪しく見えてしまう。

「私は嬉一と申します。亡くなりました父が、当主道久の従兄弟でしたので、こちらでご厄介になっております」

そう挨拶したのは、二十四、五の若い男だった。言葉つきはちゃんとしているが、表情に締まりがなく、着物は商家の若旦那にしては派手めで、遊び好きのような雰囲気が出ている。現代なら、金髪に染めてポルシェに乗って、六本木のクラブで毎晩ハイになってる奴だな、とおゆうは勝手に決めつけた。

もう一人、総髪に泥鰌《どじょう》髭という、医者然とした四十過ぎくらいの男がいた。

「田原玄道《たわらげんどう》と申します。道久殿をずっと診させていただいております」

道久の主治医か。こいつも何か企んでいるのだろうか。

「そうですかい。先生の見立てじゃ、道久さんの容態はどうなんです」

伝三郎が、直截《ちょくせつ》に聞いた。玄道は、困ったような顔で左右の様子を窺った。お佳が目立たない感じに小さく頷くと、玄道は咳払《せきばら》いして答えた。

「こちらのご親族の皆様には申し上げていますが、心の臓が大層弱っております。今は寝たきりで、一日の半分も目覚めてはおられません。痛みがほとんどないのが幸いですが、このままですと、恐らくはあと半年ほど。次の正月を迎えられることはないでしょう」

心臓衰弱による慢性心不全のようだ。老衰も加わっているだろう。現在、数え七十五歳ということだから、江戸では長寿だ。若いとき精力的だった分の疲労が蓄積されていたのか。お佳をはじめ、一同は神妙に俯いている。これも演技なんだろうか。

「なるほど。それで重病人を前に、身代を誰が継ぐかで虎視《こし》眈々《たんたん》、てわけか」

伝三郎がまた、もっと直截に言った。皆が眉を顰め、身じろぎする。

「お兼と萬吉のことは、もう聞いてるな。あの二人は、やくざ者を雇って子供の勾引をやってやがった。それというのも、こちらの旦那が、孫を捜せなんて言い出したからだ」

伝三郎の声が、幾分大きくなった。奥で寝ている道久の耳に入れようとしているのかもしれない。

「それに、お兼殺しの下手人は、まだ挙がってねえ」

伝三郎は、もう一段声を強め、居並ぶ皆をねめつけた。誰も何も言えないようだ。と思ったら、嬉一が声を上げた。

「萬吉さんの仕業じゃなかった、ってことですか」

ずいぶん気軽に聞くな、とおゆうは思った。やっぱりこいつ、チャラ男らしい。

「ほう。お前さんは、萬吉だと思ってたのかい」

伝三郎が、射貫くような目を嬉一に向ける。嬉一は口が滑ったと思ってか、たじろいだ。

「あ、いえ、お二人とも勾引に関わっていたとなると、内輪揉めでもあったかと……」

おやおや、とおゆうはほくそ笑む。嬉一は、追い込まれるとあっさり本音を口にするタイプなのか。

「嬉一さん。滅多なことを口にして、お役人様を惑わせるようなことがあってはいけません」

お佳の鋭い声が飛んだ。

「噂や憶測などで、これ以上お店の看板に傷を付けないよう、心しなくては」

お佳は、釘を刺すように一同を見渡して言った。余計なことは言うな、と統制をかけたのだ。おゆうは内心で唸った。このお佳、頭が良いうえに油断ならない女だ。

「これはまた、相変わらずご立派なお内儀でいらっしゃいますこと」

お登勢が、蔑むような視線をお佳に向けた。水茶屋上がりの後添いが偉そうに、と目で告げている。お佳は、無言で冷ややかな視線を返した。一万ボルトの火花が飛んだみたい、とおゆうは思った。

「孫捜しを言い出したのは、道久だそうだな」

伝三郎が確かめると、お佳が「左様でございます」と答えた。

「孫がいるとわかったのは、最近だそうじゃねえか。誰かに調べさせたのか」

「主人が、どなたかに頼んだようです。ですが私どもは、詳しく存じません。全て、主人が一人で段取りいたしました」

では、道久から聞き出さない限り、調査のプロセスや手掛かりなど、詳細はわからないわけか。これは厄介だ。

「どうも解せねえな。何で今頃になって孫を捜そうと考えたんだ」

「はい……たぶん、自らの命が長くないのを悟って、自身の血を引く者がいるなら見つけたい、と思われたのでしょう」

この中で血縁と言えば嬉一だが、彼は道久の父の血を引いているものの、道久の直系ではない。死期を悟って、自分の直系がどこかにいないか、確かめておきたいと思った気持ちはわかる。

「それにしたって、これまで一切関わりを持たなかった孫に、いきなり身代を譲るなんてなァ乱暴過ぎるじゃねえか」

伝三郎の口調は、孫捜しなど始めて遺産争いを勃発させたことがお兼殺しに繋がったんだろう、と咎《とが》めているようだ。吉次郎とお登勢が、恐縮しつつも頷く。

「ごもっともです。ですが、孫が本当にいるとなれば、頬かむりするわけにはまいりません」

お佳が反論した。これも正論だ。

「あんたらなァ」

これまで黙っていた源七が、突然叫んだ。辛抱できなくなったらしい。

「これだけの大きさの身代だぞ。見たこともねえ孫に継がせるなんて言い出しゃ、どんな騒ぎになるか、考えなかったってのか。手前の都合ばかり言いやがって。お兼たちがやったのは、勾引だぞ。起きたことの重さが、わかってねえのか」

お佳が、はっとしたように顔を引いた。伝三郎は、手で源七を抑えて言った。

「源七の言う通りだ。孫を捜したいってんなら、勝手にしろ。だが、それがために関わりのねえ者を巻き込むなんざ、断じて許されねえ。もしまたこんなことがあったら、どう責めを負うつもりだ」

お佳も吉次郎も嬉一も、何も言えないまま俯いた。

「妙な争いのもとになるようなことはやめて、公平に身代を分けるなり何なり、真っ当なやり方を考えろ。でなきゃ……」

その時である。廊下を急ぎ足で近付いて来る足音がして、いきなり襖が開けられた。全員が、そちらを向く。

「邪魔をして済まぬ。だが、こちらにも関わること、と思うたので、ご無礼いたす」

一座にそう告げて入ってきたのは、一人の侍だった。年は三十を少し出たくらいか。

紋付の羽織袴《はかま》はきちんとしており、どこかの家中と思われた。いったい何者だ。

「ご貴殿は、いったい」

伝三郎も、この闖入者《ちんにゆうしや》にすっかり驚いている。侍は、伝三郎と向き合う形で畳に座った。信濃屋の者たちは、見知った相手らしく、頭を下げている。

「申し遅れた。拙者は、吉見藩江戸詰勘定方、由木藤十郎《ゆぎとうじゆうろう》と申す。信濃屋殿とは、懇意にいたしておる」

吉見だって。問題のお藤という女がいたという、あの吉見か。ええと、確か藩主は戸部中務少輔《とべなかつかさしようゆう》で、石高は二万石、だったかな。そこの勘定方というと、経理の係長くらいか。材木商とどんな関係だろう。

「吉見の、由木……藤十郎殿、ですか」

伝三郎が言った。声が強張っている。余程驚いたようだ。源七も、目を白黒させている。

「いったい、何用で」

「実は用向きがあって、こちらの話が終わるのを待っていたのだが、信濃屋殿の孫の話が聞こえましてな。当家とも関わりなきことではない故」

「どうして商家の孫捜しが、御家に関わるんです」

「うむ。さっき申した通り、信濃屋殿とは懇意故、我が城下での人捜しに、いささか手を貸した次第」

えっ、とおゆうは上げようとした声を呑《の》み込む。道久は、この侍にお藤の消息を捜すことを依頼したのだろうか。

「孫がいることを突き止めたのは、ご貴殿ということですか」

伝三郎に問われると、由木はやや曖昧に応じた。

「仔細《しさい》は申せぬが、そのようなことでござる」

伝三郎は、じっと由木を見つめた。本当のことかと、値踏みしているようだ。やがて、由木の方から言った。

「さて、その孫捜しだが、関わりない者に迷惑をかけるなと言われるは、ごもっとも」

迷惑どころの話じゃねえや、とばかりに源七が気色ばむ。由木は、構いもせず続けた。

「しかしながら、主人の血をそのまま受け継いだ孫を除け者にして身代を分けては、それこそ世間の誹《そし》りを免れますまい。いずれにしても、これは信濃屋殿の内輪のこと。拙者も面倒が起きぬよう気を配りますので、このままお任せいただきたい」

商家の相続問題に奉行所が口を出すな、と言うのか。この侍、どういう立場でそんなことを。

「冗談じゃねえ。任せろってあんた……」

案の定、源七がいきり立った。が、それを伝三郎が止めた。

「わかりました。しかし、お兼殺しの方は放っておけねえ。存分に調べさせてもらいます」

「それは、無論のこと」

由木は、ほっとしたように伝三郎に頭を下げた。

「では、拙者はこれにて」

由木は、用は済んだとばかりさっさと席を立った。一同は、それぞれに複雑な表情を浮かべている。

「よし。もういい」

いきなり、伝三郎が立ち上がった。源七が、意外そうに目を見開く。

「御役目、ご苦労様でございました」

お佳が、畳に伏せて言う。声に安堵が混じっているように聞こえた。これまで黙って控えていた小兵衛が立ち、小走りに伝三郎を追う。付け届けを渡そうというのだろう。が、伝三郎はいつもと違い、振り払うようにして表に出た。

表に出てすぐ、源七が不満そうに言った。

「旦那、いいんですかい。あの由木って侍の言うままにして」

「まあ、仕方あるめえ。向こうの言うこたァ、間違っちゃいねえ」

何となく、伝三郎は歯切れが悪い。

「お兼殺しが今日会った連中の仕業だって証しが出りゃ、別だがな」

「あのお侍、信濃屋とどういう関わりなんでしょう。吉見の御領内には、いい材木が出そうな山なんてなさそうな気が」

おゆうが首を傾げると、伝三郎は、当たり前のように言った。

「借財さ。あいつ、勘定方だと言ってただろ。吉見の戸部家は、信濃屋から大名貸しを受けてるんだよ」

ああ、そういうことか。大店が資金繰りに悩む大名家に融資するケースは多い。踏み倒しや改易のリスクはあるものの、民間より潰れ難いうえ、高い利益が見込めるからだ。ならば、由木が信濃屋に肩入れせざるを得ないのもわかる。

「由木のことはもういい。俺たちは、お兼殺しの下手人を突き止める」

おゆうと源七は、わかりましたと返事した。

「あの、私もこれで帰らせていただきます」

後ろで声がした。振り向くと、玄道であった。薬箱を提げた下男を従えている。

「ああ、どうも。また、お話を伺いに行くかもしれませんので」

おゆうが言うと、玄道は「いつでも結構です」と愛想よく言った。それから、にやけた顔になっておゆうの顔をしげしげと眺めた。

「いやあ、それにしても、こんなお美しい親分さんがいらっしゃるとは知りませんでした。驚き入った次第でございますよ」

何だコイツ、キモい。そう言えばこの医者、お佳にも好色そうな視線を向けていたぞ。

「それはどうも、恐れ入ります」

おゆうは氷の微笑を返した。玄道は残念そうに、「では、ご無礼」と引き下がった。

おゆうは伝三郎に近付き、囁《ささや》いた。

「あの医者、私に色目使ってきましたよ」

「何だと。太《ふて》ぇ野郎だ」

伝三郎が目を怒らせる。

「助平医者め。言い寄ってくるようなら、俺がふん縛ってやる」

「あら嬉しい。じゃ、今晩も寄ってくれます？」

誘ったものの、伝三郎の反応は鈍かった。

「悪いな。今日はちっと、考えたいことがあるんだ」

「あら、残念」

おゆうは肩を落とした。どうもさっきから、伝三郎は心ここにあらずという感じだ。どうしたんだろう。

（まあ、そんな日もあるか）

　おゆうは、気にするのをやめた。別に企んでいることがあったのだ。伝三郎は、由木に言われて腰が引け気味だが、信濃屋の相続問題は絶対に紛糾する。また偽の孫が仕立てられるかもしれない。それを防ぐには、ＤＮＡ鑑定が必要だ。鑑定のためには、事前に道久のＤＮＡを採取しておかなくてはならない。

　では、口腔《こうこう》内から如何《いか》にしてＤＮＡを採取するか。道久が寝ている間にこっそりやる手もあるが、信濃屋のような大きな家に忍び込むのは、難しい。以前、藪《やぶ》医者を小金で雇って、診断を装って採取させたこともあるが、主治医の玄道以外の医者に道久を診させるのは、お佳が承知すまい。玄道はあれほどの大店の主治医をやるくらいだから、金に不自由はしていないだろう。少々の額では買収できない。

　いや、待てよ。玄道みたいな助平医者なら、その方面で何か弱味が摑めるんじゃないか。調べる価値はあるぞ。おゆうは、こっそり薄笑いを浮かべた。

八

　二日経って、千太と藤吉が報告にやってきた。玄道の周辺を、二人に探らせたのだ。

「ご苦労さん。こっちを手伝わせちゃって、悪いね」

源七は、石島町での目撃者捜しに清三らとかかり切りになっている。下っ引きを借りるのは申し訳ないと思ったが、医者を調べると言うと、「奴も叩けば埃は出そうだな」と承知してくれた。後で御礼しておかなくては。

「いいえ、どういたしまして。でも姐さん、さすがですねえ。あの藪医者め、やっぱり脛に傷がありやしたよ」

千太が、得意げな顔になって言った。

「あいつは大店だけじゃなく、御旗本の御屋敷にも出入りしてるんですが、二百石の御旗本の奥方と、深い仲になってるようなんで」

ははあ、やっぱり不倫か。印象通りだ。

「証しは摑んだの？」

藤吉がニヤリとする。

「抜かりはありやせんや。野郎を尾けて、駒形《こまがた》の白波《しらなみ》屋ってえ船宿で、その奥方と逢引きしてるのを確かめやした」

「ようし。上出来よ」

おゆうが喜ぶと、藤吉がさらに付け加えた。

「その奥方だけじゃねえんで。白波屋の下っ端の女中に聞いてみたら、他の女とも会ってるようなんです」

「同じ宿で？　あらまあ」

玄道は、ずいぶん精力的に働いているようだ。これは面白い。

「そっちは、神田花房町《はなぶさちょう》辺りの道具屋のお内儀だそうで」

「ちょっとちょっと、不義密通の二股ってこと？　そんな話、女中さんからよく聞き出せたわね」

船宿は、男女の密会によく使われるので、だいたいにおいて口が堅い。藤吉は、ちょっと赤くなってもじもじした。

「いや、それはその、いろいろありまして」

「こいつ、その女中といい具合になってやがるんで」

千太が、藤吉の背中をどついて笑った。藤吉は役者志望だっただけに、ルックスは悪くない。仕事ついでに、女中を口説いたのだろう。おゆうも、「そこは聞かないでおく」と笑みを浮かべた。

「とにかく、よくやってくれた。充分よ」

おゆうは懐から小遣いを出して、二人に渡した。

「こいつァどうも。で、姐さん、奴をどうするんです」

「こっちの言う通りにさせるのよ」

おゆうは、ニタリと口元を歪める。二人の下っ引きは、怖れるように一歩引いた。

深川常盤町《ときわちょう》にある玄道の自宅兼診療所は、なかなか立派な構えだった。小さいとはいえ門も玄関もあり、小禄の旗本の屋敷のようだ。おゆうは玄関口で案内を請い、玄道に内々の話がある、と出てきた弟子に告げた。弟子は一旦奥へ引っ込んでからすぐ戻り、おゆうを奥まった座敷に案内した。

座敷の前には、小ぶりな庭があった。苔《こけ》の生えた小さな石灯籠があり、ユキヤナギが白い花を一杯に咲かせている。趣味のいい庭だ。ここの主人が、庭ほどには趣味のいい人間でないのが、誠に残念である。

「お待たせいたしました。先日は、ご無礼しました」

現れた玄道は、おゆうがわざわざ自分を訪ねてきたということで、目尻を下げている。ご期待に沿えないのは心苦しいけどね、とおゆうは内心で嗤《わら》った。

「お忙しいところ、お邪魔をいたし申し訳ございません。どうしてもお会いして、お願いしたいことがございまして」

丁寧に一礼すると、玄道はますます上機嫌になった。

「おお、あなた様ほどのお美しいお方の頼みならば、何なりと」

歯が浮くようなことを。それじゃ、遠慮なく。

「今日これから、信濃屋さんに行かれますか」

「はい。二日に一度は、様子を見に伺っております」

「では、信濃屋の道久さんに、内密にやってほしいことがあるんです」

道久、と聞いて、にやけていた玄道の顔に戸惑いが浮かんだ。

「はて、内密に、とおっしゃいますと」

おゆうは、懐から綿棒を取り出して、玄道の前に突き出した。

「簡単に言うと、これを口に突っ込んで、中を拭ってほしいんです。やり方は、私が詳しく教えます」

「は？　これで口の中を？」

玄道は、綿棒を見つめてきょとんとした。

「いったいどういうことです」

「理由は、聞かないでいただきます。少なくとも、害はありませんのでご心配なく」

「いや、それは……」

玄道は渋い顔になる。

「簡単におっしゃいますが、私は医師です。わけのわからないことを勝手にやるというのは、信用に関わります」

「お立場はわかりますが、御上の御用に関することです。お力添えを」

繰り返し頼んだが、玄道は首を縦に振らない。

「何と言われましても、医師としての面目がございます。得体の知れぬことを、病人に施すわけにはまいりません」

「先ほども申しましたが、病人の体には一切障りはございませんので」

「せめて理由をお聞かせください」

「それは、申し上げられません」

綿棒で口の中を拭うくらい、どうということはないはずだが、玄道は信濃屋で余計なことをして、主治医を解任されるのを過剰なほど恐れているようだ。もしかして、収入のかなりの部分を、信濃屋に頼っているのではないか。

「ならば、お断りするしかありません」

玄道は、顔を強張らせて言った。仕方がない。奥の手を使おう。

「駒形の、白波屋」

ぼそりとひと言、言っただけだが、玄道の顔が一瞬で青ざめた。

「いけませんね。二百石の御殿様でしたっけ。御殿様が病なのに、そのお医者様が奥方様とあのような……」

「なっ……何を言って……」

玄道は怒鳴りかけたものの、後の言葉は出なかった。騒ぐのはまずい、と抑えたのだ。玄道は荒い息を吐いて、おゆうが畳に置いた綿棒を見つめていた。が、十秒足らず迷っただけで、綿棒を摘《つま》み上げた。

「これで口の中を拭えばいいだけなんですな？」

玄道はおゆうを睨んで、念を押す。おゆうは、微笑みを返した。

「ご承知下さって、ありがとうございます。拭った後は懐紙に包んで、手を触れないようにして下さい」

おゆうは拭い方を細かく指示し、予備の綿棒を渡した。玄道は溜息をつき、苦々し気に綿棒を懐に入れた。


信濃屋に入った玄道は、半刻ほどで出てきた。外で待ち構えていたおゆうは、落ち着かない様子の玄道から綿棒を包んだ懐紙を受け取ると、すぐに家へ戻った。そのまま押入れに入り、東京への階段を急ぐ。

着物からフリースに着替えた優佳は、二階の自室に入ると、スマホを取って馴染みの番号にかけた。就業時間中のはずだが、構うまい。

「はい」

スマホの向こうで、面倒臭そうな声が応答した。

「ハーイ、千住の先生。ご機嫌いかが」

千住の先生こと、マルチラボラトリーサービス株式会社副社長、宇田川聡史は、唸り声を返してきた。

「今、ラボにいるの？　それとも、リモートワーク？」

「リモートだ。家にいる」

このご時世、やっぱりそうか。なら、気遣いは無用だ。宇田川は無駄話をしないので、早速用件に入る。

「DNA鑑定をお願い」

「江戸ものだな？」

DNAと聞いた宇田川の声から、面倒そうな響きが消えた。江戸もの、となれば、彼の興味の度合いがぐんと上がる。

「そうよ。江戸でもトップのセレブ。祖父と孫の鑑定が必要になりそうなの。親子関係の鑑定と、基本は同じでいいのよね」

「ああ。口腔内壁から採ってくれりゃいい」

「取り敢えず、祖父の分は採取した。そっちの家に送る？」

直接持っていきたいところだが、緊急事態宣言が出ている状況では、ままならない。

「家じゃDNA鑑定はできない。ラボに送っといてくれ。出社したとき、処理する」

「了解。宅配ですぐ送る。あ、殺害現場で集めた微細証拠もちょっとあるから、それもね」

「わかった。孫のやつは？」

「まだ。孫が現れ次第、採取する」

「現れ次第？　今は存在しないってことか」

優佳は、手短に信濃屋で起きたことを説明した。宇田川は、相続争いの状況を、すぐに理解した。

「百五十億がかかってるんじゃ、平気で偽物を用意するだろうな。わかった」

それから宇田川は、少し声の調子を変えて言った。

「誘拐なんか、二度とさせるなよ」

「もちろんよ」

優佳は、返事する声に力を込めた。


江戸に戻ると、もう暮れ六ツに近かったので、「さかゑ」に行ってみた。花の香も漂う春の宵で、通りは賑わっている。緊急事態宣言で人通りが消えてしまった東京とは、対照的だった。おゆうは嘆息する。東京の賑わいは、夏ごろには戻ってくれるのだろうか。

「さかゑ」の前で、栄介に出会った。日が暮れるので、遊びから帰ってきたところらしい。

「あ、おゆうねえちゃん。おとう、帰ってるよ」

「あ、そうなの。ずっと石島町だったんでしょ」

「うん。機嫌がいいみたいだから、何か見つけたんだ、きっと」

「ありがとう。聞いてみるね」

栄介は、じゃあねと手を振って裏に回った。おゆうは暖簾を分けて、店に入った。

「おう、おゆうさんか。こっちへ来ねえ」

奥まったところで徳利を傾けていた源七が、おゆうを手招きした。おゆうは、いそいそとそちらに寄る。

「源七親分、千太さんと藤吉さんを引っ張り出しちゃって、ご免なさいね」

「なァに、清三のところの連中が出張ったんで、頭数は足りたからな。で、あいつら、ちゃんと役に立ったかい」

「ええ、おかげさまで。しっかり働いてくれました」

おゆうは、千太たちが玄道の不倫を見つけたことを話した。源七は、「あの藪医者め、うまいことやりやがって」と腹立たしそうに言って、盃を呷った。

「ところで、こっちも面白えことがわかったぜ」

源七は、まあ聞いてくれと言わんばかりに身を乗り出した。

「信濃屋のお佳だ。あいつらしい女を、空家の近くで見た職人がいるんだよ」

「お佳さんが？」

お兼とお佳の姉妹は、仲が悪かったはずだ。つるんでいたとは思えないから、容疑者としては充分考えられる。

「何刻頃のことですか」

「七ツの鐘が鳴るちょいと前だったそうだ」

午後四時前か。お兼は八ツ前に店を出ているから、空家に着いて一時間余り経ってからだろう。正確な殺害時刻はわからないが、ちょうどその頃に殺されたとしても、おかしくはない。

「その職人、帰っていくところは見てないんですか」

「残念ながら、な。空家に入るところを見たわけじゃねえし、顔もはっきり見ていねえ、ってのも確かだ。けど、あの辺じゃ見かけねえ品のある女だった、と職人は言ってる。だから、気を惹《ひ》かれたんだな。年格好、背格好はお佳と同じだ」

おゆうはちょっと思案した。あやふやな証言ではあるが、確認する価値はありそうだ。

「その後、女が喚くような声を聞いたって奴もいる。何と言ってたかはわからねえが」

言い争いになっていたのだろうか。

「お佳さんが七ツ頃、店にいたかどうか、聞いてみないといけませんね」

「ああ。それと、実はもう一つあるんだ」

源七が思わせぶりに言った。言い方からすると、これも重要情報らしい。

「何です。まだ誰かいるんですか」

「七ツ半頃、侍が一人、空家の周りをうろついてたらしい」

「侍?」

すぐ頭に浮かんだのは、由木藤十郎だ。源七はおゆうの表情を読んだか、したり顔に頷く。

「そうよ。お佳らしいのを見た職人とは別の奴だが、そいつの話を聞いた限りじゃ、あの由木って侍によく似てるんだ」


翌日、おゆうは朝から信濃屋に出かけた。お佳や小兵衛に気付かれないように下女の一人を摑まえ、お兼殺しのあった日のことを聞いてみる。純朴そうな下女は、さして考えもせずにおゆうの問いに答えた。

「へえ。おかみさまは、八ツを過ぎてからお出かけになりまして。いえ、どこへかは存じません。はあ、お帰りになったのは、もう暮れ六ツに近い時分でした。いいえ、お供は連れずに。そういうことは滅多にございませんが」

「誰も気にしなかったの」

「へえ。あの日は、大番頭さんも二番番頭さんも、手代もお一人お出かけになりまして、ばたばたしておりましたから」

「そう。わかりました。ありがとう」

何と、お佳は四時間近くも一人で出かけていたのか。おゆうは舌打ちした。真っ先に関係者全員のアリバイを調べておくんだった。

念のため嬉一はどうだったか聞くと、こちらは暮れ六ツに、お佳と入れ替わるように出ていったという。が、取り巻きが一緒だったらしいから、どこかへ飲みに行ったか、吉原《よしわら》へでも繰り出したのだろう。おゆうは下女に礼を言って、上松屋に回った。

上松屋の店は、信濃屋から五町ばかり離れた深川大和町《やまとちょう》にあった。間口は十二間、構えも造りも、信濃屋の縮小版といった趣だ。

手代に来意を告げると、すぐに奥へ通された。

「これは親分さん、お待たせしました。今日は急なお越しで」

少し経って出てきた吉次郎は、幾らか警戒するような目付きをした。神経質な奴かもしれないな、とおゆうは思う。

「早速で済みません。お兼さんが殺された日、八ツから宵五ツまで、どちらにおられましたか」

少し幅を持たせて聞いてみた。吉次郎は、すぐにアリバイ調べと理解したようだ。慎重に回答した。

「あの日は、暮れ六ツに店を閉めますまで、ずっと店におりました。これは、店の者に聞いていただければ。その後は、客先と会合して夕餉を。万年町《まんねんちょう》の梅嘉《うめよし》という店です」

これを確認するのは容易だ。恐らく、嘘はあるまい。

「萬月は、お使いにならないのですか」

一応、聞いてみる。義理もあるし、親族の店の方が何かと融通が利く、と考えるのが普通だが、吉次郎は苦笑した。

「あそこは、ちょっと。好みに合いませんので」

味が、というより、萬吉夫婦が、ということだろう。前々から避けていたようだ。

「お登勢さんは、ずっとお店でしたか」

「はい。あれは、あの日は外へ出ておりません」

「わかりました。では、念のため確かめさせていただいてから、失礼をいたします」

ええ、どうぞと言う吉次郎に挨拶してから、おゆうはまた下女に聞いてみた。結果は、吉次郎の言う通りだった。態度物腰からすると、正直に答えているようだ。おゆうは一応納得し、上松屋を辞した。

表通りに出て、ふと気配を感じ、脇に目をやった。すると隣家との隙間から、上松屋の裏を出て反対側の通りへ向かう男の背中が見えた。あれ、と思って立ち止まる。その後ろ姿には、見覚えがあった。

（あいつ、こそこそと何をしてるんだ）

それは間違いなく、門前山本町の甚五郎だった。

「お佳と由木らしいのが、石島町の空家辺りで？」

馬喰町の番屋で源七とおゆうから話を聞いた伝三郎は、眉を上げた。

「どっちも、顔をはっきり確かめたわけじゃありやせんが、偶然似たような奴が二人も、なんてこたァねえでしょう」

源七は、自信満々に言った。

「お佳さんは二刻近くも店から消えてて、どこにいたかわからないんです。まだ本人に聞いてはいませんが」

お佳を尋問するのは、もっと証拠を集めてから一気に、と考えていた。一方、由木の方は本郷の吉見藩上屋敷にいるはずだが、大名屋敷に乗り込んで事情聴取するのは難しいので、そのままにしてある。

「殺しに使われたのは、脇差のようなものですよね。なら、侍の由木さんが怪しいでしょう」

お佳と由木の共犯、という線もないではない。が、勢い込むおゆうたちに対して、伝三郎はどうも煮え切らない。

「脇差くらい、侍でなくても持ってるだろう。お佳はともかく、由木さんみたいなれっきとした大名家の家来が、いくら借金の義理があるからって、殺しに手を出すとは思えねえ」

「それはまあ……」

「羽織の紋や顔ではっきりわかった、てぇならともかく、似たような侍、ってだけじゃな」

「でも旦那、あそこは侍が何人もうろつくような界隈じゃありやせんぜ」

源七は、不満そうだ。おゆうも内心、首を傾げた。伝三郎としては珍しく、及び腰のように見える。吉見の戸部家は譜代とは言え、老中などの要職に就く家柄でもないし、それほど気を遣う相手ではないように思うのだが。

「おゆう、吉次郎の方に話を聞いた、と言ったな」

「ええ。アリバ……いえ、殺しのあった頃、石島町に行けなかったのは明らかです」

「ふうん」

伝三郎は、腕組みして考え込んだ。

「お兼と一番仲が悪かったのは、吉次郎だ。当人は行けなくても、人を雇ったこともあり得る。吉次郎の周りを、もうちっと探ってみろ」

「ああ……はい、わかりました」

いまいちスッキリしないが、伝三郎の言うことも間違ってはいないので、おゆうと源七は素直に頷いた。


翌日、聞き込みに回ると、案外早く価値のありそうな情報が摑めた。

「上松屋さんには、まあいろいろとありましてねえ」

そんな風に内緒話をしてきたのは、同じ町内の建具屋だった。

「信濃屋さんの縁者ってことで、周りは気を遣ってるようですがね。それに胡坐をかくような商いをしたんじゃあ、嫌われますよ」

建具屋は言葉通り、嫌いという感情を隠しもしなかった。聞けば、裏手の方で上松屋の材木の仮置き場と建具屋の物置場が隣り合っており、境界線で揉めているという。以前に建具材料として買った材木が、注文より質が悪く、文句を言ったが取り合ってもらえなかった、ともこぼした。

「上松屋さんに出入りしている人の中に、似つかわしくない人はいませんか。遊び人風とか、やくざっぽい人とか」

この質問に建具屋は、待ってましたという表情で答えた。

「このひと月の話ですがね。どうも真っ当な商人には見えないお人が、何度か出入りしてたんですよ」

「詳しく教えて下さいな。どんな人ですか」

「四十くらいで、派手目の着物を着崩した奴です。やくざ者とまでは言いませんが、少なくとも堅気じゃあなさそうです」

建具屋は、曖昧な言い方をした。どこの誰なのかは、全くわからないと言う。町内でも知る者はなかろう、とのことだった。となると吉次郎に聞くしかないが、こんなあやふやな話ではとぼけられるだろう。

(まあ、殺しを頼んだかどうかは別にして、吉次郎が何か企んでいるのは間違いなさそうね)

次はどうしようかと思案しながら、建具屋を後にした。動機の方を考えてみようか。お兼を殺さなくてはならない理由は何だ。相続争いで、出し抜かれそうになったからか。

いや、とおゆうは首を振る。殺された時点で、お兼は道久の孫として使える子供を用意できていなかった。吉次郎は、お兼が既に子供を調達したと勘違いしたのだろうか。でも、お兼に探りを入れていたなら、誘拐を働いていることに気付くのは難しくなかったはずだ。であれば、誘拐のことを暴き立てれば、すぐにお兼を排除できる。殺す必要などない。

（もしや、吉次郎自身も後ろ暗いことをやっていて、騒ぎ立てられなかったのかな）

吉次郎もお兼と同じことに手を染めていたとか。建具屋の見た怪しい男は、それを請け負っていたのでは。

これもないな、とおゆうは自分で否定した。お兼がやった以外の、新たな誘拐事件は発生していない。いくら巨額の遺産相続とはいえ、あんなあくどいことを誰もが仕出かすとは思えなかった。

そこで、ふっと思い出した。半吉の子、小吉のことだ。お兼殺しが起きたので、すっかり忘れていた。その後どうなっているか、様子を聞いてみよう。


大和町から菊川までは、十八、九町（約二キロ）。四半刻余りで行ける。おゆうは三十間川から大横川に出て、川沿いに北へと歩いていった。

半吉は留守だったが、お八重はいた。この前と同様に繕い物をしていた手を止め、おゆうを上目遣いに見る。何だかおどおどした感じだな、とおゆうは思った。

「お邪魔します。私のこと、覚えてますよね」

「え、ええ、この前来た、女親分さんですよね」

言ってから、目を伏せた。あまり話はしたくないようだ。

「小吉ちゃんのことなんですけど」

前回来たときに見せた、ひどく不安そうな表情が気にかかった。半吉がいない今、心の内を聞き出せるだろうか。

「ええ、ですから、他所にやりました」

「どこへやったか、教えてはもらえませんか」

「どうしてそれを知りたがるんです」

そう切り返されると、おゆうも困る。足裏のほくろが小吉にはないので、お兼のやった勾引とは結び付けられない。役人に首を突っ込まれるようなことではない、と言われたら、それまでだ。

「言えないような事情でも、あるんですか」

おゆうは粘ってみた。お八重が、困惑したように身じろぎする。

「先方さんが、言わないでほしいと……」

お八重は、俯きながらそれだけ漏らした。実子として育てるから、子供の出自は誰にも知られたくない、という配慮だろうか。しかし、お八重の態度からすると、そう単純ではなさそうな気がする。

「どの辺に住んでいる方か、だけでも……」

言いかけたとき、背後で戸が勢いよく開けられ、子供の叫び声がした。

「おっかあを苛《いじ》めるな！」

振り向くと、欽太が顔を真っ赤にしておゆうを憎々し気に見ている。今にも殴りかかりそうだ。

「欽太ちゃん、おっ母さんを苛めているんじゃないの。小吉ちゃんのことをね」

「出てけ！」

欽太はおゆうの袖を摑んで、ぐいぐいと引っ張った。仕方がない。子供と喧嘩はできない。おゆうは諦めて、欽太に引き摺《ず》られるまま外に出た。お八重は済まなそうな顔をしていたが、止めようとはしなかった。

「もう来るな！」

おゆうを引き摺り出した欽太は、そう怒鳴って家に飛び込み、ぴしゃりと戸を閉めた。大人なら、塩でも撒《ま》いているところだろう。おゆうはやれやれと頭を掻き、雁首《がんくび》を揃えてこちらを見つめているおかみさんたちに、歩み寄った。

「小吉ちゃんのこと聞いただけで、追い出されちゃいました」

おかみさんたちは、気の毒そうな笑みを浮かべた。

「どうしてなんだか、小吉ちゃんのことには触れようとしないんだよねえ」

長屋のタブーみたいになっているのだろうか。おかみさんたちも、困惑気味だ。

「半吉さん一家は、いつからここに住んでるんです」

「そうねえ、もう十年になるんじゃないか。子供はみんな、ここで生まれたんだよ」

新婚後間もなく、ここに移ってきたらしい。やはり信濃屋に関わっていることはなさそうだ。

「半吉さんとお八重さんは、どこの生まれでしょう」

「さあ。一緒になってから、江戸で働こうと思って出てきた、って聞いたけど」

ここで、もう一人のおかみさんが口を出した。

「そうそう。生まれはお百姓だって言ってたねぇ」

江戸の近在では、長男が田畑を継いだ後、次男三男が働き口を求めて江戸に出るのはよくあることだ。

「そうですか。江戸の近くかしら」

「うん。武蔵だって聞いたように思うけど、どこだったかなあ」

おかみさんはしばらく考えてから、ぽんと手を叩いた。

「ああ、そうだ。吉見。吉見の御城下とか言ってたよ。お姐さん、吉見を知ってる?」

第三章　孫はいずれに

九

伝三郎のところに信濃屋の小兵衛から連絡があったのは、その翌日であった。

「孫が見つかったんですって？」

伝三郎から話を聞いたおゆうは、思わず声のトーンが跳ね上がった。六日前に信濃屋に行ったときは、手掛かりを摑んだという話は出ていなかったのに。

「そうなんだ。しかも、二人も」

「二人？　だって捜してた孫は一人のはず……」

言いかけて、おゆうは膝を打った。

「もしや吉次郎さんと、お佳さんか嬉一さんが、一人ずつ連れてきたとか」

「その通りだ。吉次郎と嬉一がそれぞれ、これが孫だと言って子供を出してきた。言うまでもねえが、少なくとも片方は偽物ってわけだ」

或いは、両方ともか。

「それで、小兵衛さんは何と」

「どっちが本物か判別がつかねえから、俺たちに立ち会ってもらいてえ、とさ」

「そういうの、町名主さんの仕事じゃないですかねえ」

「あそこの町名主は、先代が死んでから、名目だけだが道久が就いてるんだ。俺たちはこの一件に深く関わってるから、代わりに何とかしてくれってのさ」

「乗りかかった船ってわけですか。でもまあ、お兼殺しの調べには役に立ちそうですね」

「そういうことだ。これから付き合ってくれ。源七は先に行ってる」

「わかりました。まいりましょう」

おゆうは伝三郎と二人並んで南へ歩き、永代橋を渡った。春の日差しが暖かく、大《おお》川《かわ》の川風も爽やかだ。デート気分になりそうだが、先に待っている状況の重さを考えると、浮かれてはいられない。

「鵜飼様、吉次郎さんのことなんですけど」

おゆうは道々、昨日聞き込んだことを伝三郎に話した。

「怪しい奴が出入りしてたのか。だが、何者かは全然わからねえんだな」

「はい。済みません。これといった手掛かりがなくて」

「まあいいさ。吉次郎も、まさかお兼の一件の後で、勾引かさせた子供を孫だと称して連れてくるなんてことはしねえだろう。不審がありゃ、吉次郎に直に聞くまでさ」

伝三郎の言う通りだ。不審者の追及は、今日これからの吉次郎の態度を見てからでいいだろう。

「しかし、半吉が吉見の出だったってのは、驚いたな」

伝三郎は、そちらの方に興味を引かれているようだ。

「ええ。おかげで、半吉さんが信濃屋の跡目騒動に関わりがある疑いが、濃くなってきました」

吉見にルーツを持つ三歳の子供が、このタイミングで姿を消し、親の半吉がその事実を隠そうとしているのだ。関わりを考えざるを得ない。

「それも、これから聞く話次第でどう関わるか、見えてくるかもしれねえな。こいつはどうかすると、中村座《なかむらざ》の芝居興行より面白そうだぜ」

少しばかり不謹慎なことを言って、伝三郎は薄笑いを浮かべた。


信濃屋に着くと、源七が店先で待っていた。

「おう源七、待たせちまったか」

「いえ、旦那。あっしも今しがた着いたところで」

源七は挨拶するなり、店の奥へ「おうい、旦那がお着きだ」と呼ばわった。すぐに小兵衛が、小走りに出てきた。

「これは鵜飼様におゆう親分さん。お呼び立てするようなことになりまして、誠に申し訳ございません」

「そいつは構わねえ。とっくり話を聞かせてもらうぜ」

小兵衛は畏《かしこ》まって、三人を先日と同じ奥の座敷に案内した。そこには、お佳、吉次郎とお登勢、嬉一と玄道が、この前と同じように待っていた。違うところは、吉次郎と嬉一の脇に、三歳くらいの幼い子が一人ずつ座っていることだ。それだけではなく、今度は由木藤十郎も最初から席についていた。

伝三郎は、由木の顔を見て僅かに顔を曇らせた。それに気付いたおゆうは、やはり由木を意識しているのか、と違和感を覚えた。

三人が座につくと、お佳が挨拶を述べた。

「本日は、不躾《ぶしつけ》なお願いをお聞き届けのうえ、このようにお越しをいただきまして、心より御礼申し上げます」

伝三郎は、うむ、と鷹揚に頷いた。

「孫は一人のはずが、見つかったのは二人と聞いた。早速だが、どういう経緯《いきさつ》で子供を見つけたのか、それぞれに聞かせてもらおうか」

「はい。では、私から」

吉次郎が、傍らの孫候補一号にちらりと目をやり、話し始めた。

「この子の名は、清一《せいいち》と申します。谷中《やなか》に了寛寺《りょうかんじ》という寺がございまして、まだ赤子のとき、その門前に捨てられていたのでございます」

「捨て子、だったのか」

伝三郎が驚いたように言うと、吉次郎は神妙に頭を下げた。

「はい。住職が不憫《ふびん》に思い、これまで一年余り育てていたのですが、足裏にほくろのある子だと聞き及び、寺の方に参って確かめましたところ、間違いなくほくろがございまして。よくよく見れば、この子の顔に道久様の面影もあり……」

おゆうはしげしげと清一の顔を見た。道久に似ているのかどうかはわからない。こじつけではと思える。しかし、大勢の大人に囲まれて泣きもせずおとなしくしているのは感心だ。

「ほくろがある子だと、誰から聞いた」

「はい、人を雇って足裏にほくろのある子を捜しておりましたところ、住職の耳に入ったらしく、使いを寄越されました」

その雇った人というのは、例の怪しい遊び人風の男だろうか。子供を捜させるなら、もっとまともな人間を雇いそうに思うが。

「孫は両親が死んだ後、誰かに貰われたって話じゃなかったのかい」

伝三郎はお佳の方を向いて言った。お佳は恐縮したように答える。

「私どももそう聞いていたのですが、貰ってくれた相手が誰ともわからず、あやふやな話でございまして。近所やお役人の手前、貰われたことにして実は捨てていたのかもしれませんし、貰った相手がお金目当てか何かで、すぐに捨ててしまったのかもしれません」

おゆうは首を傾げる。お佳の言う通り、ずいぶんあやふやだ。孫の両親はどこで亡くなり、誰が看取ったかも不明なのだろうか。なら、両親が死んだことをどうやって確認したのだろう。源七の方を見ると、源七も納得がいかないような顔をしている。

「実は、何人もの人づてに聞いたことばかりですので、はっきりしないところもいろいろとあるのです」

お佳は、自身でも困惑しているように見えた。伝三郎は、吉次郎に先を促した。

「決め手になったのは、それだけかい」

「いえ、もう一つ大事なことがございます。清一は拾われたとき、お守りを持っておりました。これです」

吉次郎は、色褪《いろあ》せ擦《す》り切れた守り袋を差し出した。伝三郎が受け取って改め、眉を上げた。

「吉見《よしみ》神明《しんめい》社、とあるな」

「はい。お藤さんが信心して、通っていた神社でございます」

なるほど。祖母から孫へ伝えられたお守り、というわけか。

「足の裏にほくろがあり、吉見の神社のお守りを持つ、親のない三歳くらいの子が、いかに広いとは言えこの江戸に何人おりましょうや。顔立ちと合わせ、この子に間違いないと確信いたしました次第で」

話を聞く限りは、一応の根拠はある、と言えそうだ。ただし、全てが真実とは限らない。神社のお守りくらい、誰でも入手できる。伝三郎も、疑いの色を消してはいない。

「そのほくろ、見せてもらおうか」

伝三郎が言うと、吉次郎は「承知いたしました」と清一の足を持ち上げようとした。途端に、清一が火の点いたように泣き出した。吉次郎が、びくっとして手を止めた。

「いやあ、いや」

清一は、足に触られるのが嫌なようだ。手を振り回して抗っている。吉次郎が躊躇っていると、お登勢が手を出し、泣き喚く清一の右足をぐいっと摑んで、無理やり伝三郎の方に足の裏を向けた。

「ちょっと、そんな乱暴な」

見かねておゆうが咎めると、お登勢ははっとしたように手を離した。

「ご無礼いたしました。お許しを」

お許しは、清一に乞うべきだろう。伝三郎も源七も、顔を顰めている。だが、ほくろは確認できた。健太のと同じようなものが、間違いなくある。

「よし。じゃあ、嬉一の方の話を聞こう」

　はい、と嬉一は傍らの子を抱くようにし、足を持ち上げて裏を見せた。こちらは左足に、ほくろがはっきり見える。

「まずはこの通り、ほくろがございます」

　言ってから、嬉一は吉次郎を見た。まだべそをかいている清一と、比べてみろというような目付きだ。嬉一の方の子は、不思議そうな顔はしたものの、足を触られることを嫌がりはしなかった。

「名前は、道太《みちた》と申します。この子は、こちらにおられます由木様が、捜しあてて下さいました」

　おゆうたちは、えっとばかりに揃って由木を見つめた。伝三郎は、特に驚いたようだ。

「あなたがこの子を見つけた、と言われるんですか」

「左様」

　由木は、咳払いして話し始めた。

「嬉一殿から頼まれましてな。道久殿ゆかりのお藤という女子《おなご》は、我が城下の者、ということ故に。そこで国元に出向いた折、お藤なる者が如何《いかが》相成ったか、調べ申した。お藤は既に亡くなり、江戸に出たその倅も死んでおったのだが、お藤の縁者を当たってみたところ、お藤の孫が江戸から引き取られ、城下におることがわかりましてな。拙者が出向いて事訳を話し、引き取って参った」

由木は淀みなく、とうとうと語った。城下で調べた結果、ということは、由木の話の裏を取ろうと思ったら、吉見まで行かなくてはならないわけだ。江戸の町方役人に、それは難しい。由木は、伝三郎には検証できないことを計算に入れて、こういう話をしているのではあるまいか。

「由木さんは、どうしてこんな厄介事を引き受けなすったんです」

伝三郎が聞くと、由木は口籠りかけたものの、すぐ答えた。

「恥ずかしながら、当家では信濃屋殿に借財をいたしておる。その関わりで、なやっぱりそうか。

「嬉一、お前さんは、由木さんに孫捜しを丸投げしてたのかい」

「いえ、丸投げなんて。私は私で、江戸でいろいろ調べましたよ。ですが、何も摑めなくて」

嬉一は慌てて、取り繕うように言った。伝三郎は、信用できんとばかりに軽く嬉一を睨んだ。

「縁者が申すのであるから、道久殿の孫はこの道太に間違いなかろう。道太という名も、道久殿の元の名である道太郎から取ったものに相違あるまい」

いかにも自信がありそうな態度で、由木が言った。吉次郎は黙って聞いていたが、明らかに苛立っていた。吉見の縁者から聞いた、と言われると、反論が難しいからだろう。一方、お佳は困惑の表情を浮かべていた。どちらに与《くみ》することもできず、何と言うべきか迷っている様子だ。

そこで、道太が動き出した。一人で立ち上がり、よちよちと由木の方へ行こうとする。

「これ、座っていなさい」

嬉一より先に、由木が押しとどめた。道太は、びっくりしたような顔で由木を見ている。

「そこへ戻って、おとなしくしていなさい」

由木が、嬉一の横を指して語気を強めた。道太は、怯《おび》えたのか泣き始めた。

「ああ、ほれほれ。何も怖いことはないよ。泣かないで」

嬉一が道太を座らせ、頭を撫でた。道太は、半泣きで俯いている。お登勢がそれを見て、小馬鹿にしたような笑みを浮かべた。嫌な奴らだ、とおゆうは腹立たしくなった。互いに相手の子供がしくじるのを、喜んでいるかのようだ。

「まあ、お話はわかりました」

伝三郎が由木に言った。

「由木さんとしては、善意で手伝った、と言われるんですね」

「いかにも。礼金目当てなどということはない」

由木は胸を張ってみせる。伝三郎は、そうですか、と返しただけだった。おゆうは、ちょっと訝しんだ。由木の話に突っ込むところは幾つもあったと思う。そもそも、縁者って誰なんだ。お藤の親族って、何人いるんだ。江戸から道太を連れていったのは、誰だ。その辺りを、もっと聞くのかと思ったが。

ふと気付くと、伝三郎は顔色がすぐれないようだ。何か気になることがあるのか、体調が良くないのか。気になっていると、伝三郎がお佳に言った。

「で、あんたとしてはどう思う」

「いえ、私にはどちらとも」

吉次郎と嬉一は、同時に「こちらの方が」と言いかけ、互いを見て口をつぐんだ。

伝三郎が首を振る。

「この話だけじゃあ、俺としてもどちらとも言えねえ。決めるのは、あくまで信濃屋さんだ。今日のところは、ここまでだな」

伝三郎は水掛け論になるのを嫌がったのか、話を打ち切った。ちょっとあっさりし過ぎでは、とおゆうは思ったが、何も言わず伝三郎に従った。

通りに出て、見送る小兵衛に声が届かない距離まで離れたのを見計らい、源七が言った。

「どうも、両方とも胡散《うさん》臭いですねえ」

「ああ、そうだな」

伝三郎も同意する。

「この前信濃屋に来てから、まだ六日です。その間に両方とも子供を見つけてくるなんて、都合良過ぎますね。お兼のことでお調べが入ったので、事を急いだんでしょうか」

おゆうは、両方とも偽物という前提で言った。伝三郎は気付いたろうが、反対はしない。

「かもしれねえな。しかし一方は吉見城下で、一方は寺だ。俺たち町方が調べに行くのは、どっちも無理だな」

「それを狙って、話を作ったんじゃねえですかい」

源七も、おゆうと同じように考えているらしい。が、肝心の伝三郎が乗ってこない。

「考えられなくはないが、証しを取れねえのに変わりはねえ」

「そりゃま、そうですが」

「鵜飼様、せっかく由木様もお佳さんも揃っていたんですから、お兼殺しのあった日に石島町へ行っていたかどうか、聞けば良かったのでは」

おゆうが言ってみたが、伝三郎の反応はもう一つだ。

「お佳はともかく、由木さんに聞くのはもっと話を固めてからだ。言い逃れされたら、それまでだしな」

「そうですかねえ……」

源七は、不満そうに語尾を濁してから、伝三郎の顔を覗き込んだ。

「旦那、何だか声に張りがありやせんね。具合でも良くねえんですかい」

「ああ、ちょいと喉がなあ」

言った途端、伝三郎が咳き込んだ。

「鵜飼様、大丈夫ですか」

おゆうが気遣うと、源七も言った。

「旦那、お疲れなんじゃねえですかい。今日は終いにして、おゆうさんのところでゆっくりなすっちゃどうです」

「ああ。そうするか」

「じゃあ、このままうちへ参りましょう」

おゆうは伝三郎に寄り添うと、源七に目で礼を言った。

春とは言え、夕方になると気温はだいぶ下がる。伝三郎は、信濃屋に出向くときよりも明らかに調子が悪そうだった。あったかくした方がいいな、と思ったおゆうは、伝三郎を家に上げるとすぐ、火鉢に火を入れた。着火剤とライターを使うところを見られないよう、気を付けながら。

火鉢の前に座った伝三郎の背に、布団をかける。生憎、炬燵は三日ほど前に片付けてしまっていた。

「おう、済まねえな」

礼を言ってすぐ、伝三郎がまた咳き込んだ。

「玉子酒でも、作りましょうか」

「ああ、頼む」

燗をしながら、聞いてみる。

「あの由木様について、どう思われます」

伝三郎が、ぎくっとしたように顔を上げた。

「どう、って?」

「真っ当なお人のように見えるんですが、今日なすったお話は、穴が一杯あるように思えて。嬉一さんみたいな遊び好きとつるんでる、というのも」

「嬉一は信濃屋で働いてるわけだからな。借財の義理で手を貸すとすりゃ、吉次郎じゃなく嬉一になるだろう」

「そうかもしれませんが……本当に国元まで、調べに行かれたんでしょうか」

「どうかなァ。遠国じゃねえんだから、用事で国元に戻るついでに調べたり、城下の誰かに頼んだり、ってことはあるだろう」

それもまた、もっともだ。しかし、伝三郎はなぜか熱意を欠いている。らしくないなあ、とおゆうは小首を傾げる。

燗ができた頃、伝三郎の様子を見たおゆうは、心配が膨らむのを感じた。伝三郎の顔が、赤くなっている。

「ちょっと失礼しますよ」

手を、額に当ててみた。いつもより、熱い。

「あの、熱っぽくないですか」

「ああ。そんな感じがしてたんだ」

燗ができた酒を玉子酒にして、伝三郎に飲ませた。飲む間にも、咳が出ている。おゆうの胸の中で、ぞっとするような嫌な予感が次第に膨らんできた。

「鵜飼様、お味はどうです」

「うん？　ああ、まあ、あんまり味はしねえな」

おゆうの背中に、寒気が走った。まさか、まさか……。

「と、とにかく、静かに養生して下さい。あ、何か食べますか」

「ちょいとつまむものがありゃ、それで充分さ」

おゆうは、田楽と佃煮《つくだに》を出した。いずれも、味は濃い。これで味がないとなったら……。

「いかがです」

伝三郎が箸を使うのをじっと見つめて、聞いてみた。

「何だい、そんなに見られちゃ、落ち着かねえな」

笑ってから、答えた。

「どうも鼻が詰まってるんでな。味がよくわからねえ」

おゆうの寒気が、さらにひどくなった。

「そ、そうですか。それはいけませんねえ」

頭の中を、様々な考えが駆け巡る。症状としては、あと何が考えられる？　一人で焦っていると、伝三郎が舟を漕ぎ始めた。やはり、いつもより疲れているのだ。おゆうは伝三郎が目を閉じているのを確かめて、そうっと押入れを開け、物入れの箱から非接触式体温計を取り出した。居眠りする伝三郎の額に近付ける。ピッ、という音で伝三郎が目を覚まさないか、とひやりとしたが、杞憂《きゆう》だった。

体温計の表示を確認する。三十七度二分。微熱だ。ＰＣＲ検査の対象にはならないが、この後上昇しないとも限らない。

「うん？　ああ、寝ちまったか」

伝三郎が目を開けたので、体温計をさっと袂《たもと》に隠す。

「どうもやっぱり調子が良くねえな。今日はこれで帰って寝るとするか」

「お帰りになるんですか？　少し冷えてきましたし、お体に障りませんか」

「なあに、一晩寝りゃあ大丈夫だ。ただの風邪《かぜ》だってのに、大袈裟《おおげさ》だな」

「ええ……あ、ちょっと待ってて下さいね」

おゆうはまた押入れに行き、物入れから紙包みを出した。素早く台所に入って、紙包みの一つを開き、包まれていた粉を椀に移して、湯を注いだ。手早くかき混ぜ、粉を溶かす。溶けきらないが、やむを得ない。おゆうはその椀を、伝三郎に持っていった。

「お？　何だいこりゃあ」

「おゆう特製の薬湯です。前にお医者からいただいたのを、幾つか混ぜました。ここにもっとありますから、持って帰ってお湯で溶いて、明日の朝昼晩、ご飯を召し上がってから飲んで下さいね」

「へえ、お前が混ぜた薬ねえ。騙《だま》されたと思って、飲むか」

軽口と共に、伝三郎は椀を持って中身を飲み干した。顔を顰める。

「苦い、ってもんでもないが、妙な舌触りだな」

「それだけ効くと思って下さい。今晩は、あったかくして寝て下さいね」

風邪をひいた小学生を世話するみたいに言って、おゆうは伝三郎を送り出した。

伝三郎の姿が見えなくなると、おゆうは大きく溜息をつき、額に手をやった。自分は発熱していない。しかし、無症状感染という可能性はゼロではない。さっき伝三郎に渡した特製薬湯は、顆粒《かりゅう》の総合感冒薬と、鎮痛解熱剤のロキソニンと、咳止めのコデインリン酸をすり潰して混ぜたものだ。以前に内科で貰った風邪薬と市販薬だが、一般的な薬でも、現代の薬剤を使ったことがない江戸の人間には、かなり効くだろう。伝三郎の言うように、一日か二日で治るはずだ。だが、もし症状が悪化していくようなら……。

おゆうは、自分の顔が青ざめているのがわかった。そのときは、大変なことになる。

十

「現代の風邪薬を飲ませた？　そりゃ、禁じ手だろう」

スマホの向こうで、宇田川が呆れた声を出した。

「だって、心配なんだもの。できるだけ早く見極めないと」

普通の風邪なら、現代の薬品など使わず、放っておいても大丈夫だ。だが、新型コロナの可能性を考えたら、悠長に構えてなどいられない。

「あんたは無症状なんだろ。ちょっと落ち着いたらどうだ」

「だって、もし新型コロナだったりしたら、感染源は私しかないのよ」

「感染の心当たりでもあるのか」

「……いや、ないけど」

宇田川が盛大に溜息をついた。

「だから冷静に考えろってんだ。現在の感染者数で、自分の身の回りの知り合いが感染してるって可能性が、どれだけある」

言われて、暗算してみた。なるほど、言っていることはわかる。

「それにだ。江戸時代に、どれだけの感染症があったと思ってるんだ。近代医学以前の話なんだぞ。新型コロナなんか、紛れ込んでも誰も気付かん」

「そりゃちょっと、乱暴過ぎない？」

反駁《はんばく》したが、宇田川は聞いてさえいない。

「ワクチンも抗生物質も存在しない状態じゃ、かかったら死ぬ、って感染症はたくさんある。新型コロナは、まだワクチンも特効薬もないのに、死亡率はあの程度だ。何度も言うが、江戸にはもっとヤバい病気がいっぱいある。コロナだけ気にしても始まらん」

なかなか説得力のある話だった。優佳の気分が、少し軽くなる。

「江戸で、コロナっぽい風邪とか肺炎とかが流行《はや》ったって記録、残ってないかな」

まだ安心しきれず、聞いてみる。宇田川が溜息をついた。

「疑り深いな。悪性の風邪が流行ったくらいで、記録に残るか。気になるなら、自分で捜せ」

宇田川はそこまでで通話を切った。優佳は仕方なく、自分のパソコンを開いて検索してみた。この年の江戸の感染症らしきもの、と調べると、西日本で疱瘡《ほうそう》が流行したという記録はあるが、江戸の風邪なんてどこにも出てこない。やはり神経質になり過ぎか、と優佳は肩を竦め、パソコンを閉じた。

(伝三郎の方は、大丈夫かな。熱が上がってないといいんだけど)

優佳は窓からスカイツリーを眺めた。ちょっと前まで、「コロナにうち勝とう」と青色の特別ライトアップがされていたが、今は通常に戻っている。世の中全体が通常に戻るのは、いつになるんだろう。

翌日、おゆうはさんざん迷った末、信濃屋に出かけた。江戸では自分の周りで体調を崩した人は、伝三郎以外にいない。一晩考えて、宇田川の言うように、コロナウイルスを持ち込んだ可能性は限りなく低い、と結論づけたのである。

店頭にいた手代に取り次ぎを頼むと、前回より小さい座敷に通され、しばらく待たされた。ただの岡っ引きのアポなし訪問だから仕方ないが、格下の扱いなのは少しだけ気に障った。

「お待たせしました。東馬喰町の親分さんでしたね」

出てきたお佳は、山葵《わさび》色というのだったか、薄緑の絹織という、大店の内儀らしい上品な装いだ。おゆうは軽く一礼して、すぐ本題に入った。

「実は、一つお伺いしておきたいことがありまして」

「はい、どのような」

「十一日前、お兼さんが殺された日、八ツから暮れ六ツまで、どちらにお出かけでしたか」

直球を投げると。お佳の顔に動揺が表れた。だがそれは一瞬のことで、忽ちいつもの、何を考えているのかわからない表情に戻った。

「人と会っておりました」

「どなたと、ですか」

お佳の顔が曇る。

「それは、申し上げなくてはなりませんか」

「人一人、死んでるんですよ」

有無を言わせない口調で、迫った。お佳はしばらく逡巡していたが、仕方ありませんね、と小さく頷いた。

「会っていたのは、甚五郎親分です」

「は？」

これは予想していなかった。内密の商談、とか、そんな話になるかと思ったのだが。

「どんなご用だったのですか」

相手が甚五郎なら、色気めいたことではあるまい。お佳はまた少し逡巡してから、話した。

「甚五郎親分には、内々でいろいろなことをお頼みしております」

「いろいろなこと、ですか」

おゆうはお佳の言葉を吟味《ぎんみ》して、続けた。

「このたびの孫捜しについて、甚五郎親分が手伝った、ということでしょうか」

「いいえ、そうではありません」

「では……もしや、お兼さんや吉次郎さんがどう動いているか、それを探っていたとか」

お佳の眉が動いた。図星のようだ。

「だいたい、そのようなことでございます」

つまり、甚五郎はお佳に雇われ、孫捜しに奔走する連中の動きを監視し、報告していたのだ。伝三郎が、奴は信濃屋からだいぶ貰っている、と言っていた通りのようだ。

「では、勾引についてもご存知だったんでは」

「いいえ、さすがにそこまでは」

お佳は否定したが、返事が早過ぎるようにも思えた。

「どこで会っておられたんです」

「甚五郎親分のところで。お店に来てもらっては、人目に立ちますので」

甚五郎を使っているのを、吉次郎や嬉一に悟られるのを避けていたのか。それはまあ、わかる。

「それであの日は、どんな話を」

「お兼さんや吉次郎さんが、怪しげな動きをしているということを。お二方のところへは、堅気ではないようなお人が出入りしている、と聞きました」

「吉次郎さんのところに出入りしている怪しいのが誰か、言ってましたか」

「いいえ。それはこれから調べる、と」

甚五郎も突き止めてはいないのだろうか。おゆうは少し考えた。お佳の話を裏取りするには、甚五郎に聞かなくてはならないが、もし嘘だったとしても、当然口裏を合わせているだろう。甚五郎がどこまで知っているのか、叩いてみようか。しかし同じ岡っ引きを尋問するのは、簡単ではない。奴を追い込むなら、もう少し待った方がいい。

「そうですか、わかりました」

お佳は、動じた様子も安堵した様子も見せなかった。おゆうは、話を変えることにした。

「失礼ですが、かつて水茶屋で働いておられたとか」

この話は嫌がるかな、と思ったが、お佳は眉一つ動かさない。

「その通りです。回向院《えこういん》近くの店に出ておりました」

「その後、料理屋に移られたのですね」

「一色町の菊善《きくぜん》というお店に。そこのご主人から、お声がけをいただきました」

想像するに、お佳の客あしらいが気に入ってスカウトしたのではないか。菊善は信濃屋から五町ほどと近い。道久は度々使っていたのだろう。

「そこで道久さんのお目に留まったわけですね」

「左様でございます」

お佳の返事はそれだけで、多くは語ろうとしなかった。おゆうは、もう少し突っ込む。

「こう申しては何ですが、大変な玉の輿。いろいろおっしゃる方々もいたでしょう」

「それは確かに、おられました」

お佳の返事には、躊躇いがなかった。

「ご親族の皆様から、ですか」

お登勢がお佳に浴びせていた視線を、思い出す。野良犬でも見るようであった。

「ご想像にお任せします」

お佳は、全く変わらない声音で言った。親族だけでなく、株仲間や取引先からも冷たい目で見られたに違いない。道久の手前、誰一人表立って口には出さなかったろうが。

「お話は、それだけでしょうか」

おゆうが次に何を聞こうか考えていると、お佳が言った。

「はい。お忙しいところ、ありがとうございました」

おゆうはこれで退散することにした。お佳はやはり、ガードが堅い。立場上、そうでなければやっていけない、ということはあるだろう。しかし腹の内を全く見せないのは、時に不穏なものに思えてしまう。信濃屋を出たおゆうは、お佳をどう評価したものか、まだ迷っていた。

その次の日、昼前というのに伝三郎がやってきた。一昨日と違って血色がいい。顔を見るなり、おゆうは心底、安堵した。どうやら回復したらしい。

「おう、風邪は治ったぜ。あの薬、よく効くなあ」

伝三郎は、爽やかな笑顔を見せた。良かった。これで、新型コロナの心配はしなくていい。

「鵜飼様、本当に良うございました。すっかりお元気ですね」

ちょっと涙が出そうになったが、風邪なんかで泣いたんでは変に思われるので、なんとか堪《こら》えた。

「昨日の朝は熱が上がったみたいだったんで、一日休みにしてあの薬飲んで寝てたんだ。そしたら、夕方には良くなってたよ」

「このところ、お疲れだったんでしょう。今時分は、あったかくなったり寒くなったりの繰り返しですから、風邪もひきやすいですよね」

「もう何年も風邪なんかひいたことなかったんだが。俺も年かな」

「何を言ってらっしゃるんですか。まだ男盛りですとも」

「こいつァ嬉しいね」

伝三郎が笑った。その声にも、張りが戻っていた。

「昨日、お佳さんのところへ行ってみたんですけど」

午前中から酒というわけにもいかないので、茶を淹《い》れてからおゆうは言った。

「そうか。お兼殺しのとき、石島町へ行ったかどうか喋ったかい」

「それがですねえ。甚五郎親分のところだって」

おゆうは、甚五郎がお佳から情報収集を請け負っていたことを話した。

「ちっ、甚五郎め。やっぱりお佳の飼い犬か」

信濃屋の件に源七を嚙ませて甚五郎を外したのは正解だったと、伝三郎も得心したようだ。

「今もあちこち嗅ぎ回っているようですけど、どうしましょう」

「放っておけ。使い道があるかもしれねえ」

「わかりました。次はどうします。由木様のこととかは」

由木の名を出した途端、伝三郎の表情がまた硬くなった。

「あっちには、下手なことはできねえ。もうちっと、様子見だな」

「はあ……」

やはり由木には触れたくないのだ。過去に何かあったのか、気になって仕方がなかった。こっそり誰かに聞いてみようか。

「源七と清三が、石島町界隈を掘り起こしてる。何か出るのを待とう」

「じゃあ、信濃屋の孫の方をもう少し調べますか」

「そうだな。何か当てはあるか」

「ええ……なくもないですが」

　ついさっき、伝三郎の風邪のおかげで思い付いたことがあった。だが、それは伝三郎には言わないでおく。


　伝三郎と一緒に、昼食に春菜の天婦羅を添えた蕎麦《そば》を食べた。季節の味わいに満足して、奉行所に戻る伝三郎と別れると、おゆうはその足で深川へ向かった。目指すは、田原玄道の診療所だ。

「あんたですか。今度はいったい、何なんです」

　玄道は、おゆうの顔を見るなり露骨に顔を顰めた。

「まあ、そんなに嫌そうな顔をしないで下さいな。ちょっとまた、仕事を頼みたいんです」

「仕事って、この前ちゃんと、頼まれたことをやったじゃないですか。勘弁して下さいよ」

「そう言わずに。花房町のお内儀とのこともありますよねえ。例の御旗本の奥方に知れたら、とんでもない修羅場……」

　玄道の顔が引きつる。

「そんな卑怯《ひきょう》な」

おゆうは捕食者の笑みを浮かべた。

「心配いりません。この前と同じことをやってもらうだけです」

「また、口の中を？　どうして二度も」

「今度は道久さんじゃなく、信濃屋の親族みんなにやってもらいます」

玄道が、目を剝いた。

「みんなって……お内儀や、上松屋さんご夫婦や、嬉一さんもですか」

「連れてこられた二人のお孫さんも、ですよ」

「そんな。どう話せばいいんですか」

「それは大丈夫。私も立ち会いますので、話は私がします」

玄道は目を白黒させたが、断るという選択肢はない。ひどく苦い顔をしながら、頷いた。


次の日の昼、信濃屋の奥座敷に三日前と同じメンバーが揃った。おゆうが玄道を通して、お佳に半ば強引に招集してもらったのだ。

おゆうと玄道が座敷に入っていくと、全員の視線が一斉に集まった。誰もが、急に呼び出されて腹を立てるより、当惑しているようだ。おゆうは知らぬ顔で、落ち着き払って座についた。

「お待たせしました。お呼び立ていたしまして、済みません。ですが、急を要することでしたので」

おゆうは一同を眺め渡して言った。

「三日前、皆様お集まりの席に南町奉行所の鵜飼様と馬喰町の源七親分、それに私が、ご当主のお孫様の一件での立ち会い、として同座いたしました。ところがその晩、鵜飼様が熱を出されまして、たちの悪い風邪にかかっていたことがわかりました」

皆の当惑が、さらに大きくなった。

「風邪……ですか」

吉次郎が、風邪だからどうだと言うんだ、とばかりに呟いた。吉次郎だけでなく他の者たちも、そんなことで皆を集める意味がわからない、という顔をしている。

「その風邪はただの風邪ではなく、幼い子供がかかると大変重くなります」

幼い子、と聞いて、誰もがぎくりとした。

「幼い子供だと、命に関わる場合もある、と言われるのか」

由木藤十郎が、膝を乗り出した。ひどく心配そうな顔色だ。

「玄道先生、どういうことなのです」

吉次郎が、玄道に迫る。玄道は目を逸らしかけたが、おゆうに肘で小突かれ、慌てて咳払いした。

「滅多に命が危うくなることはないが、重篤になると後々まで臓腑に害が残ることもある。決して軽く考えてはなりません」

もっともらしい顔になって、玄道が言った。これはおゆうの指示によるフェイクなのだが、玄道が言うと深刻に聞こえてしまうから不思議だ。忽ち、誰もが顔色を変えた。

「まさか、三日前に鵜飼様からあの子たちにうつったかもしれないのですか」

「大丈夫とは思うが、万一そうであってはいけないので、診させていただきたい。清一殿も道太殿も、こちらにおられるのでしょう」

「は、はい。三日前に連れてきてから後は、ずっとこちらでお世話をいただいております」

「では、すぐにお連れいただけますか」

玄道の言葉に、吉次郎も嬉一もお佳も、あたふたと立ち上がった。彼らが出ていくと、玄道がちらりとおゆうを見た。これでいいのか、と聞いているようだ。おゆうは、グッジョブ、と親指を立てかけたが、江戸には向かない仕草だと思い直し、小さく頷くにとどめた。玄道は、聞こえるか聞こえないかの溜息をついた。

程なく、吉次郎が清一を、嬉一が道太を抱えるようにして戻ってきた。二人の子供は、何事かと大人たちを見回している。守ってくれるお母さんがいないのに、不安にさせちゃってごめんね、とおゆうは心の中で謝った。

「先生、お願いいたします」

お登勢が嬉一の機先を制して、清一を差し出した。こんなときにまで先陣争いしてどうすんの、とおゆうは苦々しく見つめた。

「どれどれ清一ちゃん、口をほら、こんな風に、あーんってしてごらん。いいかな」

玄道は、思ったより優しく子供に接している。この時代、小児科というのは存在しないから、玄道も子供を診る機会は少なくないのだろう。

清一は、おとなしく口を開けた。が、綿棒を突っ込まれると泣き出した。気持ちのいいものではないから、仕方がない。

「はいはい、もうちょっと。よし、もういいよ。ほうら終わった」

玄道は清一の口腔内をぬぐった綿棒を、懐紙を広げて控えているおゆうに渡した。

「うむ。大丈夫のようですな」

玄道は清一の頭を撫でてやった。吉次郎とお登勢が、ほっと肩の力を抜く。

「では次、道太ちゃん。ほうら、口をあーんってね」

道太は、綿棒をさして嫌がらなかった。このおっさん何すんだ、という顔で玄道を見返している。胆の据わった子みたいね、とおゆうは微笑ましく思った。

「こちらも大丈夫ですね」

玄道が告げると、嬉一と由木が安堵の表情になる。

「二人とも、風邪はうつっていないのですね。良かった。先生、ありがとうございます」

お佳が代表して礼を述べた。いやなに、と微笑む玄道の背中を、おゆうが軽くつつく。仕事はまだ終わっていない。玄道はまた咳払いすると、皆に向かって言った。

「お子二人はよろしかったのですが、皆様の誰かに風邪がうつっていて、そのお人からお子にうつす、というようなことがあってはいけません。念のため、皆様方全て、診させていただきます」

「ああ、それはごもっともです。では、私から」

お佳が真っ先に、玄道の前に進み出た。子供のため、と言われれば、この場の誰も診察を断ることはできまい。れっきとした大名家の家来である由木はどうか、と思ったが、ひと言も文句を言わず、おとなしく口を開けた。

全員を診るのに、数分しかかからなかった。締めくくりに、玄道が言った。

「皆さんのどなたも、鵜飼様と同様の風邪にかかった様子はありませんでした。ひとまずご安心ください。しかしながら、油断はいけません。数日は不養生なことは慎み、手洗いなどを心がけていただきたい」

いかにも医者らしいコメントだ。玄道も、女癖が悪いことを除けば、なかなかいい医者なのだ。一同は恐縮し、「本日はありがとうございました」と丁重に謝した。皆が頭を下げる隙に、玄道がおゆうを見る。これで終わりだな、という確認だ。おゆうが、上出来とばかりに大きく頷くと、玄道は僅かに口元を歪めて、小さな頷きを返した。おそらく玄道はこの件を特別診療ということにして、お佳から謝礼を貰う気だろう。玄道としては、結果的に美味しい小遣い稼ぎになるはずだ。おゆうの方は、懐に収まった八本の綿棒さえあれば充分だった。

十一

「採取したのは、八人分なのか」

スマホの向こうで、宇田川が念を押すように聞いた。

「そう。これも宅配で送るから、お願い」

「この前受け取ったやつ、信濃屋の爺さんか、それと全部比べるのか」

「違う違う。鑑定が必要なのは子供二人分だけ。信濃屋さんと、祖父と孫の関係なのかどうか確認できればいいから」

「じゃあ、後の六人分は」

「そっちは、まだいいわ。殺人事件の方で必要になるかもと思って、採っておいたんで」

信濃屋に集まった面々、特にお佳と由木は、お兼殺しの有力な容疑者だ。現場で採取した髪の毛や糸くずその他、微細証拠のＤＮＡと一致するものがあれば、決め手になる。

「全員の血縁関係は、確認しなくていいんだな」

「それは必要ないから、心配しないで」

宇田川は気軽に言うが、ＤＮＡ鑑定は通常の依頼をすれば、一件につき二万円から四万円ぐらいの料金がかかる。それをタダでやってくれているのだ。いかに宇田川が共同経営者だと言っても、会社の資材を私用で使いまくるなと会計士に指摘されてからは、自腹を切っているはずだ。半分以上は宇田川自身の趣味とはいえ、数十万円の負担を度々押し付けたりはできない。

「殺しの方は、もう少し容疑を固めてみる。孫が本物かどうかだけ、まず知りたいの」

「わかった」

宇田川は短く了解の返事をして、通話を終えた。考えてみると、宇田川とはもう三カ月近く会っていない。新型コロナのおかげで世界中同じ状況になっているわけだが、今までは月に数度は顔を合わせていたので、こうして急に会えなくなると、なんだか寂しい。顔を見ながら通話する方法は幾つもあるが、面倒臭がりの宇田川はスマホでのビデオ通話なんかやらないだろう。でも仕事上、パソコンでリモートの会議くらいはやってるかも。うちのパソコンにもリモート用のアプリを入れようか。しかし、宇田川と画面で顔を突き合わせていたら、また苛々させられちゃうかな。見続けるのが嫌ってわけじゃないけど……いや、そもそもうちの旧式パソコン、カメラ機能付いてたっけ？

ついいろいろと考えてしまった自分に苦笑しながら、綿棒を宅配用の箱に入れてしっかり封をし、コンビニに持って行った。ついでに缶ビールに手を伸ばしたが、財布がまた寒くなっているのを思い出して、一本だけで辛抱した。

発送を終えて家に帰り、マスクを外して手を洗い、うがいした後、缶のプルトップを開けてぐいっと飲む。このマスクも、今や貴重品だ。現在メーカーがフル生産している分が行き渡れば、あのマスク騒動はなんだったのか、ってことになるだろうけど、今は子供の多い家とかは大変だな、などと思う。

そこで、半吉のことを思い出した。彼のＤＮＡも採取できれば良かったのだが。

（でも、ちょっと難しいよなあ……）

小吉のことについては頑なに口を割らず、おゆうの顔を見ただけで反発する。口の中に綿棒を突っ込めるような口実は、作れそうにない。いつか大店の倅にやったように、酔いつぶれさせた隙に、というのも無理そうだ。まさか頭をぶん殴って気絶させるわけにもいくまい。

(まあ、何か方法を考えるか)

二人の「孫」の実際の身元を調べるのは、DNA鑑定結果を見てからでいい。それには、DNAを使わなくてもできることがあるだろう。

宇田川がメールを送ってきたのは、四十八時間後だった。配送に要した時間を考えると、思ったよりずっと早い。メールには「結果ネガティヴ」とだけあったので、急いで電話してみた。

「つまり、孫じゃなかった、ってことね」

「ああ。0%だ。昨日のあんたの口ぶりじゃ、それを予想してたんだろ」

ご明察だ。九割がた、偽物だと思っていた。

「孫を連れてくるタイミングが良過ぎるし、見つけ出した理由の説明も怪しげだったから」

実は他にも気になっていることがあるのだが、それは今の段階ではまだ何とも言えない。取り敢えず優佳は、吉次郎と由木が話した内容を、宇田川にも説明した。

「ふん。確かに作り話めいて聞こえるな」

宇田川は、小馬鹿にしたように言う。人を騙したいなら、もっときちんと話を作れ、とでも言いたそうだ。

「で、これからどうする」

「例によって、ＤＮＡ鑑定の結果は直に使えないから、江戸の人たちが納得できるよう、証拠を見つけ出す。吉見まで行くのは大変だし、まずは清一が育てられたっていう寺かな」

谷中の了寛寺。そこで本当に捨て子を育てたのか、調べる必要がある。

「寺？　町方のあんたじゃ入れないだろ」

「そうなんだけど、周辺の聞き込みをすれば、何かわかるかなあって」

「相手もそのぐらい承知で、手を打ってあるかもしれんだろ。或いは、寺のことを見ている近隣住民が全然いないような地区だとか」

「うーん、そういう可能性はあるけど……」

「やっぱり住職を直接攻めるしかないんじゃないか」

わかるけど、どうしろってのよ。文句を言いかけたとき、うなじの毛が逆立った。

まさか？

「あんたが無理なら、俺が行くが」

ああ、やっぱり。けど、ちょっと待って。

「簡単に言うけど、江戸に新型コロナウイルス持ち込まないようにしないと……」

宇田川には仕事があるのだから、十日間自主隔離なんてできないだろう。ところが、意外な答えが返ってきた。

「PCR検査は陰性だ」

「は？　発熱でもしたの？」

「いいや」

「じゃ、どうやって検査してもらったの。コネでもあるの？」

「うちのラボで試験的にやった」

「マジっすか！」

そんなことができるなんて、初めて聞いた。驚いて問い直すと、宇田川は事情を説明した。

「ラボも新型コロナの外出自粛で仕事が減ってな。じゃあいっそのこと、うちでPCR検査できないかって河野《こうの》さんが言い出して、付き合いのある病院と話をつけたんだ。世の中のためにもなるしな」

河野はラボの社長で、宇田川の先輩だ。ベンチャーでラボを立ち上げて成功しただけあって、時代を読む感覚が鋭い。優佳も、なるほどあの人なら、と納得した。

「じゃあ、これからあんたのところでも大々的な検査が始まるの？」

「まだ準備中だ。国としてこれからＰＣＲを拡大するのかどうか、動きが鈍いようだしな。新型コロナに関しちゃ、何をどうするのがいいのか、まだみんなわかってないからだろ。おまけに厚労省の役人の現状維持バイアスがあるからな」

宇田川としては口数が多いところを見ると、だいぶ苛立っているようだ。

「国や都がどうあれ、とにかく進めるってことで、俺が実験台になった」

実験台か。実験動物のケージに入った宇田川を想像して、噴きそうになる。

「その結果、陰性だったと」

「まあ、今の段階でうちの社員から陽性が出る可能性は、かなり低い」

「わかった。じゃあ、来るのね、こっちへ」

正直に言うと、宇田川が来て手を貸してくれるのは大変有難い。それをはっきり言うと図に乗るから、注意は必要だが。

「明日にもそっちへ行く。ラボには在宅勤務だと言っとく」

なるほど。宇田川は集中すると電話も無視するから、在宅と称しておいて連絡がつかなくなっても、誰も不審に思うまい。

「寺へ行くとして、何か具体策はあるの」

「それは、明日までに考える」

明日までに？　本当に大丈夫なのか。

何もかも宇田川に丸投げ、というのも良くないので、おゆうは早々に江戸に戻り、谷中へ行った。江戸へ行き来するたびに自主隔離をしてはいられないので、東京では家に閉じこもり、どうしても必要な場合でも、徒歩で二、三百メートルの範囲しか動かないようにしている。それでも、不安を完全に拭い去るのはなかなか難しい。宇田川のように、冷静に割り切れる人はそう多くないだろう。

了寛寺は、寺院の密集する地域の一角にあった。宇田川が指摘した通り、噂を拾えそうな町家はほとんどない。それでもどうにか、了寛寺に野菜を納めている棒手振りを見つけ出して、話を聞いてみた。

「ああ、あそこね。小さな寺ですよ。住職一人っきりで」

三十前と見える棒手振りは、僅かに顔を顰めた。何か含むところがありそうだ。

「どんな人となりですか、ご住職は」

「まあ何て言うか、けち臭い坊さんだね。金に細かいって、専らの評判だよ。俺の大根や芋にも、何かと難癖をつけて値切ろうとするんだ。仏様は、どう思ってるのかねえ」

欲深の坊主らしい。これはやっぱり怪しいな、と思い、清一らしい子供を見たことがあるか聞いてみた。

「子供？　いいや、見た覚えがありやせんね」

「若い女の人とかは、どうです。出入りがありませんでしたか」

粉ミルクなどないのだから、赤子を育てるには乳の出る女性が必要だ。そういう女を雇っていた形跡はないかと思ったのだが、棒手振りは別の解釈をしたようだ。

「女ねえ。あの寺に出入りするのを見たって話は聞かねえな。あの坊さん、男の方が好きなんじゃねえですかい」

棒手振りは、ニヤリとして指を立てた。どうやら住職は、そっち系の趣味らしい。

「けち臭いってことですけど、だいぶ貯め込んでるのかしら」

「そうですねえ。骨董《こっとう》屋が入っていくのを見たことがありやす。骨董とか香だとか、そういうもんにご執心だってのは、ちらっと耳にしやしたね」

それが道楽なら、およそ赤ん坊を引き取って育てるような人物には思えない。吉次郎に買収された可能性が高そうだ。おゆうは礼を言って、棒手振りを解放した。少ない情報だが、これを利用できるか、宇田川に知らせて検討することにしよう。

翌日午前、東京の家で待っていると、宇田川がタクシーで乗りつけた。今回は捜査用の装備品がないので、身軽だ。前回のように大量の機器を持ち込むなら、消毒作業まで必要になるところだったので、これは助かる。

「よう。着替えたらすぐ行くぞ」

しばらくぶりで顔を合わせたというのに、ろくに挨拶もないのはいかにも宇田川らしい。優佳も慣れっこなので文句は言わない。

これで江戸も何度目かになるので、着物への着替えはだいぶ早くなり、違和感もなくなってきた。それでも、分厚い眼鏡をコンタクトに変え、きちんと着物を着こなしてぐっと男ぶりが上がった宇田川を見ると、ちょっとドキッとしてしまうのは、変わらなかった。

「で、谷中ってどう行くんだ」

「え？　ああ、寛永寺《かんえいじ》の裏の方を通って行くの。一時間近くかかるかなあ」

宇田川は露骨に嫌な顔をした。

「歩くのが嫌なら、駕籠代くらい出すよ」

「駕籠か。揺れるんだろ。酔わないか」

ええもう、知るかそんなこと。優佳は宇田川を急《せ》き立て、納戸の裏の階段に押し込んだ。

結局、駕籠は使わず歩いて行くことにした。途中、上野《うえの》で昼飯に鰻《うなぎ》を食べようと言ったら、宇田川が乗ってきたのだ。駕籠より鰻の方がちょっと高いが、ここは当然おゆうの払いである。

満腹になって不忍池《しのばずのいけ》の畔《ほとり》を歩く。桜の盛りは過ぎたが、池には睡蓮のつぼみがちらほら見えた。いい季節になってきたな、と気分が上向く。宇田川の方は、特に感慨など浮かべてはいない。花より団子か、とおゆうは内心で笑う。

了寛寺が見えてきたので、おゆうは谷中でも最大級の名刹《めいさつ》、瑞輪寺《ずいりんじ》の傍にある茶店で待つと言って、宇田川を送り出した。

「作戦は？」

聞いてみると、宇田川は骨董や香を見たいと話すつもりだと言う。

「コレクターなら、自慢したいだろうからな」

「でも骨董や香とか、あんたにわかるの？」

分析マニアで興味の対象が限られている宇田川に、話ができるのだろうか。

「香については、ネットで調べて頭に入れてきた。骨董は何を持ってるのかわからんから、出たとこ勝負だな」

ずいぶん気楽に言うが、大丈夫だろうか。学者然とした外見は、助けになるだろうが。

宇田川は、まあ何とでもなると言って、堂々と山門を入っていった。おゆうは首を傾げつつも、信用して待つことにし、茶店に向かった。

茶店で長床几《ながしょうぎ》に座って待つ間、半吉のことを考える。状況からすると、清一か道太のどちらかが半吉の子の可能性があると思えるが、ほくろの問題があった。だが、ほくろは極論すれば黒っぽい点に過ぎない。誤魔化す方法はありそうな気がした。もし半吉の子だとするなら、ＤＮＡを使わずにそれを証明するにはどんな方法があるだろうか。

（顔かたち、じゃ難しいか。似ていたとしても、絶対親子ってわけじゃないし）

容貌以外にも、親子の間では喋り方、声、癖などが似てくることが多いが、数え三歳の子供では、まだそんな特徴は出るまい。

（親子の情に訴える、なんてできるだろうか）

半吉を、清一と道太に会わせてみる。実の親であれば、さすがに平静ではいられないはずだ。その反応を見る、というのはどうだろう。

（あんまり褒められた手じゃないけどなあ）

とはいえ、他にこれといった手は思い付かない。気は進まないが、やってみるか。

頭の中で手順を組み立てたときは、既に一刻余りが過ぎていた。宇田川は、まだ来ない。

四杯目の茶を飲み干した。茶店の親爺が、いつまでいるんだろうという目を向けてくる。が、おゆうの帯に差した十手を気にして、何も言えないようだ。おゆうも居心地が悪くなってきた。もう日は傾き、茶店の店じまいが近付いている。まさか、トラブルが起きたのだろうか。この前使ったインカム、用意しとけば良かった……。

夕七ツの鐘が聞こえたとき、ようやく宇田川が現れた。見る限り変わった様子はなく、急ぎもせず平然としている。おゆうは胸を撫で下ろした。

「ちょっと、時間かかり過ぎじゃない」

まず文句を言ってやると、宇田川は懐から証拠品採取用のビニール袋を引き出し、ちらりとおゆうに見せた。

「微細証拠を集めてた。庫裡《くり》って言うんだったたか、寺の居住区を全部調べてみた。そう広くなかったが、結構時間がかかっちまったな」

「え、全部調べたって、住職はその間、どうしてたの」

「眠ってもらった」

おゆうは目を丸くした。

「いったい、どうやって」

「船来の変わったお香だと言って、吸入麻酔薬を吸わせた」

なんてことするんだ。

「そんなもん、ラボにないでしょ。どこで手に入れたの」

「いろいろコネがある。詳しく聞くな」

確かに、聞かない方が良さそうだ。

「住職はどうなったの」

「まだしばらく醒《さ》めない。お疲れのようだから先に失礼する、と書き置きを残しておいた。何も盗られたわけじゃないんだから、騒ぎ立てることはないだろう」

時々コイツの神経を疑いたくなる。だがまあ、言う通りではあるだろう。

「それで、子供の痕跡は」

声を落として聞いた。宇田川は、かぶりを振る。

「なかったの」

「体毛とか埃とかを採取した。これからDNAを確認してみる。だが少なくとも、満二歳未満の子供のものと思える遺留物は見当たらなかった」

吉次郎が話したように一年以上も寺で育てられたのなら、何か残っているはずだ。髪の毛とか、おむつとして使っていた布とか、不要になった産着や腹かけとか。子供を吉次郎に引き渡したからといって、いきなり全部消し去るとも考え難い。

「そっか。やっぱり、寺で育てられた子ってのは偽装ね。きっと了寛寺の住職は吉次郎の知り合いか何かで、買収されたのよ」

「ＤＮＡの照合結果が出るまで、断定はできん」

そういうところは妙に堅い。分析屋の面目と言ったところか。

「じゃあ、これからすぐ帰るのね」

「ああ。足がくたびれた。歩いて帰るのはきつい。駕籠を呼んでくれ」

やれやれ。運動不足解消にはちょうどいいでしょうに。

「タクシーみたいに簡単にいかないよ。途中で休憩中の駕籠が見つかるのを期待するのね」

宇田川が、げんなりした顔になった。


駕籠は摑まらなかったが、日が暮れる前に家に帰れた。宇田川は、足が痛いとぶつぶつ言っている。

「ほらもう着いたから。東京の家からはタクシーでも何でも使えばいいでしょ。しっかりしてよ」

言いながら表戸を開け、ぎくっとした。三和土に見慣れた草履がある。

「よう、おゆう、戻ったか。勝手に上がってるぜ」

奥から声がかかり、宇田川が眉を上げた。

「鵜飼同心か」

その呟きが、聞こえたらしい。伝三郎が襖の陰から顔を出した。

「あれ、千住の先生も一緒でしたかい。まあ、入って下さいよ」

まるで自分の家のように手招きした。何故か宇田川の顔が引きつった。

「ああ、これは鵜飼さん、どうも」

妙に抑揚のない声で応じると、宇田川はおゆうにくっついて座敷に上がった。

「鵜飼様、ずっとお待ちだったんですか。ごめんなさい。すぐお酒、用意しますね」

おゆうは急いで台所に入り、買い置きの酒を出した。

「冷やでいいよ。今日はずいぶんといい陽気だったからな」

伝三郎はおゆうに言った後、畳に腰を下ろした宇田川に向き合った。

「今日はおゆうと一緒だったんですかい。どちらへ」

「ええ、谷中の寺に。了寛寺というところですが」

「了寛寺。ああ、そういうことですか。吉次郎が連れてきた子の」

「そうです。町方役人は入れない、ということで、私が」

「確かに俺たちは入れねえ。そいつはどうも、お手間をかけましたねえ」

どうしたものか、おかしな緊張感が漂っている。おゆうは大急ぎで酒を徳利に移し、座敷に運んだ。

「そうなんですよ。私が無理をお願いして、了寛寺に行ってもらったんです」

「どうもおゆうは、先生だと頼みやすいようで、いろいろと面倒をおかけしますねえ。先生もお忙しいでしょうに」

伝三郎はおゆうと宇田川を見比べるようにして、言った。皮肉っぽく聞こえたのは、気のせいだろうか。

「なあに。宮仕えと違って、気ままですからね。おゆうさんに頼まれれば、嫌とは言えない」

宮仕え、と言った宇田川の口調にも、揶揄《やゆ》するような響きがあるような気がした。

「そいつはどうも。で、何かわかりましたか」

「強いて言うなら、わからない、ということがわかりました」

「え？　何ですそりゃ」

からかわれたと思ったか、伝三郎の眉間に皺《しわ》が寄った。

「いやつまり、幼い子が本当に育てられていたかどうか、わからないのです。育てられていれば、残ったおむつなり何なり、痕跡があるでしょう。そういったものが、何も見えなかったんです」

「ああ、なるほど」

伝三郎は盃を上げて、頷いた。

「先生は吉次郎の話、嘘だと思われますか」

「断定はしかねるが、そのように思えます」

「住職と話はされたんでしょう。何と言ってました」

「いや、それが、あまり話せませんでした。そちらの方へ話を振ろうとすると、すぐはぐらかされて。揚句に、疲れたと言って寝てしまわれました」

「寝ちまった？　客人がいるのに、ですか。ずいぶんな坊さんだ」

伝三郎は首を傾げて、宇田川を見つめる。何かある、と勘付かれたか。おゆうの背中に、冷や汗が出てきた。宇田川は、微妙に目を逸らしている。

「ま、よっぽど子供の話はしたくなかった、てぇことでしょうなァ」

伝三郎は、一人で納得したように言い、宇田川の表情を窺っている。宇田川は平然と、「そうですな」と答えた。

「先生は住職が寝ちまってから、寺ン中を調べなすったんですかい」

「ああ、まあ、そういうことです。隈《くま》なく見てみたんですがね」

「そいつは、都合のいいことでしたねェ」

伝三郎の言い方が、また皮肉っぽくなった。こいつはまずいな。

「ええ、ほんとに。ご住職が話から逃げようとしたおかげで、却ってうまく運びましたんですよねえ。先生、なかなかお上手でした」

おゆうは新しい徳利を持ち、二人の間に入った。伝三郎は、「ほう、そうかい」と言って、おゆうと宇田川を交互に見ている。これは、良くない展開なのでは……。

「すいやせん、旦那、おられますかい。あ、千住の先生も。こいつはどうも」

突然、表から源七の声が割り込んできた。有難い。この前は迷惑なお邪魔虫だったが、今日は時の氏神だ。

「おう、何だ源七」

「へい、ちょっと面白いネタがありやして」

「源七親分、どうぞ上がって下さいな。一本おつけしますから」

源七は、そいつは有難えと言って、すぐ座敷に入ってきた。宇田川が、「やあ、親分、どうも」と挨拶する。その声から、宇田川もこの闖入《ちんにゅう》を歓迎しているのがわかった。伝三郎の方は水を差されたような顔をしたが、すぐに仕事モードに切り替わった。

「で、何を摑んできたんだ」

「へい。吉次郎の周りを洗ってたんですがね。二月か三月前、吉次郎が腕のいい彫り物師を捜してたって言う奴が出てきまして」

「彫り物師？　堅気の材木屋が、なんでそんなのを」

「なんで、ってのはよくわかりやせんが、あちこち聞き回ったところ、誰なのかはわかりやした」

「ほう。どこの、何て奴だ」

「浅草三間町《あさくささんげんちょう》の、彫銀《ほりぎん》って奴です」

「名前は聞いたことがあるな。腕はいいが、遊び癖のある奴じゃなかったっけか……何か彫らせるつもりだったのか」

「さあ、どうでしょう。大店の旦那が、囲っている女の背に彫らせて趣向を楽しむなんてぇ話を耳にしたことはありやすが、上松屋の吉次郎には向かねえような」

材木人足には彫り物をした連中が大勢いるが、店主が彫り物師を世話してやることはないだろう。伝三郎と源七は、揃って首を捻っている。だが少なくとも、吉次郎のところに出入りしていた堅気でなさそうな奴とは、その彫銀で間違いあるまい。

「旦那、何ならこれから、彫銀のところへ行ってみやすかい」

「ふん、そうだな。ちょいと話を聞いてみた方が良かろう」

伝三郎は腰を上げ、刀掛けから大小を取った。

「先生、悪いが今日はこれで失礼させてもらいます。また近いうち、ゆっくりと」

「そうですか。御役目ご苦労様です」

宇田川は顔には出さないが、かなり安堵したのではないか。伝三郎はおゆうに顔を向けた。

「お前はどうする」

「あ、私は宇田川先生をお送りします」

「そうか、わかった。彫銀の話は、また明日しよう」

伝三郎は軽く手を振り、源七を案内に立てて日の暮れた町に出ていった。おゆうは、伝三郎たちが角を回って見えなくなると、すぐに宇田川に言った。

「さ、ソッコーで引き上げよ」

「わかった」

宇田川は自分で襖を開け、押入れに潜った。おゆうはその後を追い、宇田川の尻を押すようにして、時空を越える階段を駆け上がった。

十二

翌日の昼前、馬喰町の番屋で待っていると、伝三郎がやってきた。ちょっと不機嫌そうだ。昨夜、三間町の彫銀との話が、うまく運ばなかったのだろうか。

「やれやれ、無駄足だったぜ」

上がり框《がまち》に腰を下ろすなり、伝三郎が言った。

「彫銀は、留守だったんですか」

聞いてみると、伝三郎は口惜しそうに舌打ちした。

「姿をくらましてる。半月も前から、どっかへ消えちまったそうだ。家ン中に彫り物の道具なんぞは残ってねえ。どうも、帰ってくる気はなさそうだな」

「まあ。何があったんでしょう」

「わからんが、近所の話じゃ、ちょっとした大金が入ったらしくて、消える前に借金をみんな片付けてったそうだ」

「吉次郎に貰った金なんでしょうか。何だか真っ当な話じゃなさそうですね」

「そうなんだが、彫り物師を大金で雇ったらしい、ってだけで吉次郎をしょっ引いて叩くわけにもいかねえしな。彫り物師に何の用があったのか、後で聞きには行ってみるつもりだが」

おゆうは首を傾げる。彫り物師を雇う以上は、何かの図柄を人の肌に彫らせたかったわけだろうが、信濃屋の相続問題で大変な時期に、どうしてそんな趣味を……。

それを考えたとき、閃《ひらめ》くものがあった。

「鵜飼様。信濃屋で清一ちゃんの足の裏を確かめたときのこと、覚えてますか」

「うん？　ああ、もちろん覚えてるぜ。あの子、足を触られた途端、火が点いたみてえに泣き出して……」

そこで伝三郎も、気付いたようだ。はっとしておゆうを見返した。

「ほくろ、か」

おゆうは大きく頷いた。

「ええ。腕のいい彫り物師なら、偽のほくろを、ちょっと見にはわからないように作ることもできるんじゃないですか」

「もともとほくろのなかった清一の足の裏に、彫銀がほくろを作った。信濃屋で、足の裏をいじられた清一は、そのときの痛みを思い出して泣き出した。そういうことか。ほくろのある子を見つけ出すより、手っ取り早いと考えたわけか」

　伝三郎の目に、怒りが湧いた。

「吉次郎の野郎め。子供にふざけた真似をしやがって」

　そのまま、拳を握って立ち上がろうとする。おゆうはその袖を引いた。

「待って下さい。彫銀が隠れちまったなら、証しがありません」

「清一のほくろを調べりゃいいだろ」

「でも、偽物かどうか、簡単にはわからないぐらいに細工してあるでしょうし」

「医者に見せりゃ……いや、あの玄道は信用できねえな。いっそ彫り物師に見せるか。しかし、素直には見せねえだろうな」

　伝三郎は少し冷静になり、ぶつぶつ言いながら座り直した。

「今紀文と言われる信濃屋に関わることですよ。言い逃れできないところまで追い込んで、一気に片を付けた方がいいんじゃありませんか」

　おゆうが宥めるように言うと、伝三郎も「それもそうだな」と同意した。

「奉行所の手前もある。ちまちま突っつくのはやめて、もっと周りを調べるか」

伝三郎が腰を据えて証拠固めをする気になったので、おゆうはほっとした。微細証拠についての宇田川のＤＮＡ検査結果が出揃うまで、おゆうとしては待ってほしかったのだ。

「ところで清一ちゃんと道太ちゃんですけど、その後ずっと信濃屋さんにいるんですか」

「ああ。信濃屋の女子衆がつきっきりで世話してるらしい。御大名のお世継ぎ並みの気の遣いようだってことだが、両親《ふたおや》がいねえってのは不憫だよなあ」

伝三郎の言う通りだ。あんな幼い子が両親の情愛を受けられないというのは、幾ら立派な待遇をされていても可哀相《かわいそう》だ。それを思うとおゆうも胸が痛む。

「源七から聞いたところじゃ、明日は二人揃って富岡八幡宮へ宮参りだそうだ。明日は晴れそうだから、まあ良かったな」

「お宮参り、ですか。清一ちゃんも道太ちゃんも、外に出るんですね」

これはいいことを聞いた。この機会、利用しなくては。

次の日は、伝三郎が言った通り、気持ちのいい晴天だった。深川を代表する神社である富岡八幡宮は、常に多くの参詣客で賑わっている。今日も、縁日でもないのに春の陽気に誘われた人々が、何十人も境内をそぞろ歩いていた。

その中に、羽織袴で正装した男と、高価そうな呉服に身を包んだ婦人の、人目を引く一団があった。だが主役は、歌舞伎の子役みたいにきらびやかな姿の幼子二人のようだ。大人たちが周りを囲み、子守り役らしい女子衆がよちよち歩きの手を引いている。その幼子たちはと見れば、楽しげというより、戸惑ったような顔をしていた。御大尽の宮参りだ、と察した人々が、遠巻きに羨むような視線を投げていた。

「来たわよ」

石燈籠の陰に身を隠したおゆうは、傍らの半吉の腕を小突いた。半吉は苦い顔をしたが、それでもおゆうが示す方向、信濃屋の宮参りの一行に目を向けた。

半吉を連れ出すのは、難儀であった。

「どうしても、一緒に見てほしいものがあるんですよ」

小吉に関わることだと察したらしい半吉は、容易に首を縦に振らない。仕事があると言ってしきりにおゆうを追い返そうとしたが、今日は仕事にあぶれていることを、既に聞き込んであった。

「あなたも人の親なら、自分の子がどうなっているか、知りたいでしょう」

「小吉のこたァ、もういい。あんたが何を考えてるか知らねえが、見当違いだ」

何を考えてるかわからないのに見当違いとは、筋が通らない。おゆうはとうとう十手を出して突きつけた。

「いいから一緒に来なさい。これ以上面倒かけないで」

しょっ引くぞという勢いで、強引に引っ張り出した。半吉も、とうとう諦めて従った。


信濃屋の一行が、顔が見えるくらいに近付いてきた。子供の足に合わせているので、物凄《ものすご》くゆっくりだ。これなら、顔を確かめる時間は充分にある。さっきまで嫌がっていた半吉も、一行との距離が縮まるにつれ、目が釘付けになっていった。

おゆうは、その半吉の様子をじっと窺っていた。清一と道太のどちらかが我が子であるなら、無事な姿を見て安堵するか、今生の別れと思って涙を浮かべるか、そういった反応を示すだろう、と思ったのだ。

だが、予想とは違った。半吉は、子供の顔がはっきりわかるようになると、困惑したような表情を浮かべた。それはすぐ、疑いの眼差しになり、忽ち怒りへと切り替わった。

(何？　いったいどうしたの)

おゆうが訝しんでいると、半吉の肩がぶるぶると震え始めた。そのまま、身を乗り出そうとする。おゆうは慌てて引き戻した。

半吉はおゆうに押さえられながら、食い入るように信濃屋一行を見ている。やがて一行は近くを通り過ぎておゆうたちに背を向け、本殿へと進んでいった。半吉は一行が本殿の建物の中に消えるまで、目を逸らさなかった。

「半吉さん、大丈夫なの」

意外な反応を見せた半吉を気遣いながら、おゆうが聞いた。すると半吉は目を伏せ、呻くように漏らした。

「くそ……あいつら……騙しやがった」

「騙した、ですって」

半吉は拳を固く握り、歯を食いしばっている。

「と、とにかくここじゃまずい。あっちの茶店の奥で、話を聞きましょう」

おゆうは半吉の背を抱えるようにして、歩き出した。真昼間からお宮で酔漢の介抱かと、呆れた目を向ける連中を十手で追い払い、ようやくのことで境内を出た。

茶店の奥に入り、十手を示して店主に誰も近付けるなと念を押してから、おゆうは半吉の肩を叩いた。

「小吉ちゃんのこと、話してもらえますね」

半吉は、うなだれたまま頷いた。

「信濃屋の縁者の使いだってのが、うちに来たんだ」

その人物は堅気でないように見えたが、悪い話じゃないとしきりに言うので、騙されたと思って聞いてみようと、誘い出されるままについていった。行った先は、高級な料理屋だった。

「そこの旦那が出てきて、小吉のことを尋ねたんだ。病は持ってねえかとか、手足はちゃんとしてるかとか、言葉はもうだいぶ話すのか、とかな。そのうえ、吉見はどんな土地なんだってことも根掘り葉掘り聞いてきた。だんだん腹が立ってきて、何のつもりでそんなことを聞くんだと言ったら、小吉を引き取らせてほしい、って言うのさ」

相手は、半吉の生活状況を詳しく知っていた。子沢山で、いつも貧乏していて、子供が病になっても医者に見せる金もない。寺子屋に行かせる金もない。きちんと子供たちを育て上げられるのか、わからないだろうと言われた。大きなお世話だ、と言いたかったが、その通りなので黙っていると、小吉を譲ってくれたら五十両出す、と言われた。

おゆうは確信した。使いというのは治助、旦那は萬吉に違いない。

「俺にとっちゃ、とんでもねえ大金だ。けど、そんな金を出す理由がわからねえ。あんまり妙だと思ったんで問い詰めたら、信濃屋の跡継ぎを捜してると言いやがった」

半吉は驚いて、小吉は正真正銘、俺の子だ。信濃屋の落としだねなんかじゃねえ、と言い返したのだが、相手は承知の上だと答えた。

「要するに、小吉ちゃんを偽の跡継ぎに仕立てようとしたのね。それをあんたは承知したわけだ」

半吉は顔を上げられないまま、「そうだ」と呟くように言った。

「悪いことだってのは、わかってたさ。けど、五十両ありゃ、子供らみんな、立派に育てられる。小吉も、あれほどの大店の跡継ぎになれりゃ、どれほど幸せかわからねえ。そう思っちまったんだ」

悪魔の囁き、か。おゆうは半吉が気の毒になった。

「承知して、小吉ちゃんを渡したのね」

「ああ。お八重は嫌がったが、小吉のためなんだと説き伏せた。相手からは、絶対に人に言うなと言われた。まあ、当たり前だわな。それで近所には、ただ他所にやったとだけ話した」

おゆうが嗅ぎ回るのを嫌がったのも、当然だ。

「あんたが吉見の出だというのも大事なんだ、とかも言ってた？」

半吉は肩を落としたまま頷く。

「意味はさっぱりわからなかったがな。何か吉見に関わる物を持ってねえかと言われたんで、お八重と吉見を出るとき貰った吉見神明社のお守りを渡した」

お守り？　おゆうの頭の中で注意信号が点滅した。が、それは口に出さないでおく。

「それで肝心なことなんだけど、さっき見たあの二人の子供、どっちも小吉ちゃんじゃなかったのね」

ここで半吉は、ぐっと唇を噛んだ。ひどく後悔するように。

「違った。小吉じゃねえ。あいつら、信濃屋の跡継ぎにすると言ったのは、嘘だったんだ」

半吉は頭を抱えた。

「俺はなんて馬鹿だったんだ。金に目がくらんじまって。お八重に、何て言ったらいいんだ。小吉はどうなっちまったんだ」

おゆうは、呻く半吉の背にそっと手をやった。

「心配しないで。私がちゃんと調べるから」

半吉は背を丸めたまま、済まねえ、済まねえと繰り返した。

一方、調べると言ったものの、おゆうはすっかり困惑していた。清一と道太のどちらもが小吉でないなら、あの二人はどこから現れたんだ。そして、小吉はどこへ消えたんだ。

十三

「そうか。そいつは驚きだ。しかし、萬吉がその小吉を買い取ったなら、吉次郎や嬉一がその子を使うってのもおかしな話だから、小吉が清一でも道太でもねえってのは、わかるがな」

　おゆうの話を聞いた伝三郎は、得心できたように言った。言われてみればその通りで、跡目を争う萬吉が、吉次郎や嬉一に小吉を渡すはずがない。渡しておいて後で偽物とばらす、とも考えられなくはないが、そんなことをすれば萬吉も一蓮托生《いちれんたくしょう》だ。裏取引があった可能性もゼロではないが、そこまで考えたらきりがない。

「小吉ちゃん、無事だといいんですが」

「そいつは萬吉に聞いてみるしかねえな」

　おゆうと伝三郎は、その日のうちに萬吉が収容されている大番屋へ向かった。

　仮牢から引き出され、おゆうたちの前に座らされた萬吉は、福々しかった体型が崩れ、やつれ果てていた。やはり、胆の太い男ではないようだ。伝三郎は容赦なく、尋問を始めた。

「おう萬吉。今日聞きてえことは一つだ。小吉を、どこにやった」

小吉の名を聞いた萬吉は、思い出すのに一秒ほどかかったようだが、すぐに真っ青になった。

「あの子のこともご存知で……恐れ入りました」

「いちいち恐れ入るな。どこへやったか聞いてるんだ」

「そ、それは……」

萬吉が口籠る。おゆうはすかさず追及した。

「小吉ちゃんを金の力で引き取ったのは、道久さんの孫に仕立てるためだとわかってるのよ。でも、その前にお兼さんは殺され、あんたはお縄になった。その後、小吉ちゃんを見た人はいない。どうなってるの」

「まさか、始末しちまったんじゃあるめえな」

伝三郎のひと言に、萬吉は震え上がった。

「とっ、とんでもないことです。あんな幼子を手にかけるなど」

「じゃあ、どうしたの」

おゆうが責めると、萬吉は申し訳なさそうに言った。

「実は……私もわからないのです」

「何だと。御上を馬鹿にしてるのか！」

伝三郎が怒鳴り、萬吉が身を竦めた。

「本当でございます。小吉は、治助がお兼のところに連れていきました。殺された日のことです。それっきり、行方は知りません」

「お前、また全部お兼のせいにしようってのか。そうはさせねえぞ」

伝三郎が竹刀を取り上げ、突きつけた。萬吉が震え上がる。そこへおゆうが言った。

「じゃあ、その辺のところ、洗いざらい喋ってもらいましょうか」

萬吉はほっと息をつき、話し始めた。

「小吉のことを聞いたのは、治助からです。親が吉見の出で、顔立ちが道久様に似ているという、今までで一番条件に合った子を見つけた。ほくろはないが、それは何とでもなる、と。でも私は、お兼にその話をするのをやめました。お兼は勾引を続けていて、今度も治助にその子を攫わせるに違いない。でも、さすがに私はもうやめさせないと、と思っておりました」

そこで萬吉は、小吉をもっと穏便な手段で手に入れることにしたのだ。が、お兼に知れると金を渋って強引な手を使うに違いない。それで治助には、お兼に知られないよう半吉と会う段取りを付けさせたのだ。

「ほくろは、どうするつもりだったの」

萬吉は、言い難そうに顔を歪めた。

「それが……治助が言うには、焼き鏝《ごて》を使えばいい、と」

これは、彫り物より酷い。いきり立つおゆうを、伝三郎が手を出して抑えた。

「お、お待ちを。焼き鏝は、まだ使っておりません」

おゆうは渋々座り直して、萬吉を睨み据えた。萬吉は震えながら、先を続けた。

「お兼にはおいおい小吉のことを話し、勾引などという乱暴な手段をやめさせるつもりでした。ところが、小吉を引き取っていろいろ吟味している最中、また新たな勾引をやったと聞きまして」

その勾引が、健太だったわけだ。

「まさか、岡っ引きの親分さんの子だとは。これはぐずぐずしておられないと思い、治助に親分さんの子を返してから、小吉をお兼に見せるよう言い付けました。石島町のあの家に連れていき、私が夜に店を閉めた後から行って、小吉を引き取ったのでもう手仕舞いにしようと話すつもりだったのです。それがあんなことに……」

「だったらお縄になったとき、何で初めから全部白状しなかったんだ！」

苛ついたらしい伝三郎が、竹刀で床を打った。萬吉が平伏する。

「も、申し訳ございません。小吉が見えないことに気付き、そのことでまた、あらぬ疑いをかけられるのではと、怯えてしまいまして……」

「黙っていて後でわかったら、余計面倒なことになると思わなかったのか、この馬鹿野郎」

「お許し下さいませ。誠に、浅はかでございました」

萬吉は、泣き出さんばかりである。噓はないようだ。

「よし、じゃああと一つ。半吉さんから貰った吉見神明社のお守りは、どうしたの」

急に枝葉のような話になったので、萬吉は怪訝な顔をした。が、すぐに答えた。

「あれは……奥の間の小簞笥《たんす》の抽斗《ひきだし》に入れて、そのままにしておりますが」

おゆうはちらりと伝三郎を見た。伝三郎は、小さくかぶりを振った。奉行所の家宅捜索では見つかっていない、ということだ。なるほど。

おゆうは伝三郎に目配せして、尋問を終えた。事情はわかったが、小吉の行方は不明のままだ。


次に同様に収監されている治助を引っ張り出し、尋問してみたが、萬吉の自白は裏書きされたものの、小吉の行方については治助も知らなかった。

少なからず落胆して大番屋を出ようとしたとき、思いがけない人物がやってきた。

「おお、鵜飼殿。奉行所に寄ってみたら、こちらと聞いてな」

由木藤十郎だった。

「こりゃあ、由木さん。何かご用でしたかい」

伝三郎が怪しむような顔を見せる。おゆうは少し緊張した。

「急用というわけではない。調べがどれほど進んでおるのか、聞かせてもらえればと思ってな」

由木は、大番屋の建物を示して言った。

「萬吉について、調べをしに来られたのか」

「まあ、左様ですが」

「ふむ。吉次郎のことについても、いろいろ調べておられると聞く。如何であろうか」

「如何と言われましても……」

伝三郎は、口を濁らせた。関係者に、捜査情報を簡単に話せるわけがない。だが由木はそういうことを考えないのか、屈託のない表情を見せている。

「信濃屋の嬉一殿も、気にしておってな。道太を捜し出した拙者としても、あの清一という子がどういう子なのか、知りとうてな」

何とまあ、馬鹿正直な。おゆうは呆れた。これで探りを入れに来たつもりなんだろうか。

「日も傾いてきたし、そのあたりで一献《いっこん》差し上げたいが、如何か」

「いや、まだ勤めの最中ですので」

伝三郎は、慌てたように断りを入れた。由木はと言うと、食い下がるわけでもなく、

「それは残念。では、後日」と、あっさり折れた。

「お話しできることは、なかなかありませんよ」

伝三郎が釘を刺すと、由木は困ったような顔をしたが、「左様か。しからば、ご免」と一礼し、くるりと背を向け、去っていった。おゆうは、ちょっと呆気《あつけ》にとられた。

「何なんですか、あの人」

「うーん。たぶん嬉一に尻を叩かれて、こっちの様子を探りに来たんだろうが、どうにも不器用な御仁だな」

伝三郎は首を振りつつ、悪い人じゃなさそうだが、と付け加えた。おゆうは、それほど簡単には決められない、と思う。演技かもしれないのだ。

「鵜飼様、あの人と嬉一さんのことは、まだあまり調べていません。ここらで本腰を入れてはどうでしょうか」

少なくともおゆうには、道太が偽物だとわかっている。由木と嬉一を叩いて、江戸でも通用する証拠を見つけたいところだった。だが、やはり伝三郎は乗らなかった。

「嬉一はともかくとして、由木さんはどうかなあ。まさか吉見二万石がこの一件に嚙んでるとは思えねえし、下手に騒いで藪蛇《やぶへび》になってもいけねえ」

おゆうは眉を顰めた。伝三郎は、何を気にしているのだ。

「あの、鵜飼様。こう言ってはなんですけど……吉見の戸部家に、何か因縁でもおありなんですか」

「えっ」

伝三郎はちょっと驚いたかのように振り向いた。

「何でだい。そんなこと、ありゃしねえよ」

「でも、由木様にずいぶん気を遣っておられるように見えますし。もしかして、以前に由木様と何か？」

「いやいや、まさか。この一件で初めて会ったんだぜ」

果たしてそうなのだろうか。思い切って、もっと踏み込んだ。

「鵜飼様、何かあるなら私にだけ、教えていただけませんか。何かお力になれることがあるなら……」

今度は本当に、伝三郎はびっくりしたようだ。違う違うと、手を何度も振った。

「何を勘違いしてるんだい。本当に、何もありゃしねえって」

口調を強めて言ってから、微笑みを向けた。

「そう言ってくれるのは、嬉しいけどな。心配いらねえよ」

「そうですか。余計なことを言って、ごめんなさい」

おゆうも微笑みを返した。だが、納得したわけではない。おゆうは笑みを浮かべたまま、いつもの通り伝三郎に寄り添ったが、心に小さな棘《とげ》が残った。どうして本当のことを言ってくれないのだろう。

「何、伝さんと吉見藩との関わりだって？」

伝三郎の同僚、境田左門《さかいださもん》は、唐突な話に目を瞬いた。

「そうなんです。どうもいつもと勝手が違って」

おゆうは、由木と伝三郎の様子を、できるだけ詳しく話した。境田はその童顔と人当たりの良さで、人の懐に入るのを得意としており、非情に顔が広く、奉行所きっての情報通である。伝三郎とは親友であり、何か知っているなら境田しかいない、と思ったのだ。

「吉見の戸部家ねえ。いや、そんな話は聞いたことがねえなあ」

期待に反し、境田はすぐに否定した。

「今まで、戸部家の誰かが絡むような一件は、奉行所でも扱ったことがねえぜ」

「じゃあ、お調べとは関わりなくて、私事で何かあったんでしょうか」

「いや、だとしたら愚痴の一つもこぼしてると思うぜ。余程隠したいことでもあるんならともかく、伝さんに限っちゃそういうことはなさそうだが……」

境田は、しきりに首を捻っている。

「あるとすりゃ、鵜飼の家に婿養子に入る前かな」

そう言えば、鵜飼家に入る前の伝三郎については、誰も詳しいことを知らないと聞く。そんな以前のことが、尾を引いているという可能性はあるだろうか。

「しかし、それでも解せねえな」

「と、言われますと」

「その由木って侍、伝さんに信濃屋で会ったとき、変わった様子も見せないし何も言わなかったんだろ。向こうが丸っきり忘れてて、伝さんだけが気を遣ってるなんてことがあるかねえ」

言われてみると、由木は伝三郎に対して、わだかまりのあるような反応を全く見せていない。信濃屋での会合が初対面、と考えた方が自然だ。

「まあそんな難しい顔をしなさんな。別嬪が台無しだ」

だいぶ厳しい表情になっていたらしく、境田が軽口を叩いた。

「伝さんのことだ。本当に何か厄介なことがあるなら、あんたに打ち明けてるだろうさ。気にし過ぎねえ方がいいぜ」

境田は、安心させるように笑った。その顔を見て、おゆうも少し気が晴れた。

「ええ、そうですね。考え過ぎかも。境田様も、忘れて下さい」

境田の言う通りなのだろう。厄介事なら、きっと伝三郎が打ち明けてくれる。おゆうはそう信じようと思った。

「半吉の倅のことは、わかりやした。けど、あの清一と道太って子供はどうなんです。どっちが本物なんで」

馬喰町の番屋でおゆうと伝三郎の話を聞いた源七は、どうも頭の中が整理し切れないようだ。

「どっちが、って言うより、どっちも偽物かもしれないんですよ」

おゆうが指摘すると、源七はますます混乱した顔になる。

「じゃあ、本物はどこにいるんだい」

「そんなこと、わかるもんか」

伝三郎は、突き放すように言った。

「とにかく、だ。わかってることから、順に固めていこうじゃねえか。少なくとも、清一が了寛寺で育てられたっていう吉次郎の話は、まず嘘だろう。千住の先生も、そう言ってるしな」

ここで伝三郎は、おゆうをちらりと見る。やっぱり意識してるなあ。おゆうは気付かぬふりをした。

「寺でねえなら、清一はどっから来たのかってぇ話になりやすが」

「だからそいつを今、考えてるんだろうが」

伝三郎が、しっかりしろとばかりに源七を睨む。源七が首を竦めた。

「おゆう、何か考えはあるか」

伝三郎が話を振った。おゆうは「そうですねえ」と首を傾げる。宇田川のＤＮＡ検査結果は、そろそろ出る頃だ。それを見れば何かはっきりすることがあると思うが、今は推論を巡らせていくしかない。

「あまり知られずに子供を手に入れるとなると、やっぱり捨て子ですかねえ」

「捨て子、ねえ」

源七が疑わしげな声を出す。

「そいつは俺も考えたんだが、そう都合良くそれらしい子が見つかるもんかね」

「江戸じゃ、毎日のように捨て子がある。ひと月か二月待てば、信濃屋の孫だと言っても通りそうな子が、一人ぐらい見つかるだろう」

伝三郎が言った。セーフティネットが乏しい江戸では、暮らしに困った親が乳幼児を捨てることはよくある。田舎と違って、捨て子を養ってくれる経済力のある住民も多いので、口減らしなどに走らないだけずっとましではあるが。

「見つかるったって、江戸中回って鉦《かね》や太鼓で探し回るわけにゃあ、いかねえでしょう」

源七の言うのももっともだ。条件に適合する捨て子があったとしても、その情報が吉次郎のもとに入らなければ意味がない。

「鵜飼様、捨て子があったら、そこの町の町役人、町名主の方々が間に入って、引き取り手を決めるんでしたっけ」

「まあ、だいたいにおいてそうだな。引き取り手が決まれば御上への届け出は要らねえから、それぞれの町々で片付いてる」

一括して届け出を受ける機関がないなら、町中にアンテナを張り巡らせないと、捨て子の情報は入らないことになる。吉次郎にそんなことができるか。いや、待てよ……。

「三歳くらいの男の子の捨て子があれば内緒ですぐに引き取るって、こっそり各町の町役さんたちに触れ回しておけばどうでしょう」

「そりゃそう言っておけば、町役連中も手間かけずに厄介払いができるわけだから、悪い話じゃねえわな。けど、見ず知らずの怪しげな奴がそんな話を持ちかけたって、町役連中が簡単に乗っかるとも思えねえが」

「ええ、例えば治助みたいなのが話しに行っても追い払われるでしょうけど」

おゆうは、自分の帯に差した十手を指で叩いた。

「これがあったら、違うのでは」

「十手持ちが、ってことかい」

源七がいかつい顔を歪めた。

「そうさなあ。確かに、目明しが町役にそんな話を振っておいたら、捨て子があり次第耳に入れてくれるだろうが、どこの目明しがそんなこと……」

言いかけて、源七と伝三郎とおゆうは、互いに顔を見合わせた。

「一人、いるんじゃないですか」


その晩、伝三郎は忙しくなりそうで寄れないとのことだったので、おゆうは一人で家に帰り、そのまま東京へ移動した。着替えて、早速スマホを確認する。期待した通り、宇田川からのメールが届いていた。開けてみるとたった一行、「作業完了」とあった。相変わらず、愛想もクソもない。これだけでは何が見つかったのかわからないので、すぐに電話した。

「調べてくれたのね」

「ああ。一通り、な」

宇田川にしては珍しく、面白がるような響きがあった。

「殺人現場と了寛寺で採った微細証拠、信濃屋の関係者のDNAサンプル、全部相互にチェックしてみた。ちょっと時間はかかったがな」

なんと、根こそぎ検査したのか。時間的にも金銭的にも、どれほどの負担をかけたのだろう。宇田川も好きでやってるんだということを割り引いても、申し訳なくなった。

「そんなにやってくれたの。ごめん。仕事に差し障りがあったんじゃない？」

「差し障り？　別にないが」

宇田川は、あっさり言った。もうちょっと恩に着せたっていいのに、不器用なんだか真っ正直なんだか。優佳は小さく微笑んだ。

「それで、何がわかったの」

「ああ。了寛寺で採取したＤＮＡサンプルには、例の子供と一致したものはなかった。その他の結果はＰＣの方にファイルで送っといた。エクセルで簡略版を作ったから、いくらあんたでもわかるだろう」

ひと言余計だっつーの。

「わかった。すぐそっち、見てみる」

「なかなか面白いぞ。パズルワークみたいだったな」

「パズルワーク？」

どういう意味だろう。

「送ったのは、要するにパズルのピースだ。どう組み立てるかは、あんたの仕事だ」

宇田川は、最後に「頑張れよ」と言った。これも、宇田川にしては珍しい。ちょっとだけ嬉しくなった優佳は、「うん、ありがとう」と礼を言い、通話を切った。

自分の部屋に駆け上がり、パソコンを立ち上げる。急ぎでないメールやスパムメールを飛ばしてスクロールし、一番上に宇田川のメールを見つけると、すぐさま添付ファイルを開いた。エクセルで作られた一覧表が現れた。照合対象と結果が、わかりやすくまとめられている。ここまでやってくれた宇田川に感謝し、内容を見ていった。

そして……目を剝いた。

「な、何……これ」

第四章　立志伝の結末

十四

信濃屋の一同に四度《よんたび》集まってもらったのは、宇田川のメールを受けた二日後だった。

伝三郎と二人並んだおゆうは、信濃屋の前で一度立ち止まって、看板を見上げた。木曽檜《きそひのき》から切り出した厚板に、金箔《きんぱく》を押した力強い文字が躍る。材木屋らしい立派な看板だ。だが今日、おゆうの目にはどこか色褪せて映った。

暖簾を分けて入ると、小兵衛が待っていた。

「鵜飼様、おゆう親分様、ご苦労様でございます。本日は、源七親分様は」

「あいつは、都合で遅れて来る。来たら、次の間で待たせてくれ」

「承知いたしました。では、どうぞこちらへ」

小兵衛はいつも通り、隙のない丁重な物腰で二人を案内した。ポーカーフェイスも相変わらずだ。これまでと同じ広い座敷に入ると、やはり同じ顔触れが、同じ順番で座っていた。由木藤十郎もちゃんと来ている。幼い二人の子は、何が行われるのか全く知らぬげに、くりっとした目をおゆうたちに向けた。もっとも、何の集まりかわかっていないのは、大人たちも同様のはずだ。

おゆうと伝三郎が座につくと、小兵衛もいつものように末席に座った。いよいよだ。

おゆうの背に緊張が走る。

「忙しいところ、済まねえな。由木さんにも、わざわざご足労いただいて申し訳ありません」

伝三郎の言葉に一同が頭を下げ、由木が小さく頷きを返した。

「今日集まってもらったのは、他でもねえ。調べを進めた結果、いろいろなことがわかってな」

何人かが、微《かす》かに身じろぎした。

「この辺りで、お兼殺しとこの店の跡目争いに、決着をつけようと思う」

そのひと言は、大きな波紋を呼んだ。誰もが目を見張り、落ち着かなげに互いを見やった。

「あの、鵜飼様、それは下手人がわかった、ということでございましょうか」

お佳が、おずおずと聞いた。全員が、伝三郎に注目する。

「慌てるな。これから、おいおい話す」

伝三郎は質問を抑え、おゆうに目を向けた。実は、伝三郎にも全て話したわけではない。DNA照合結果の一部は、この場で確かめなくてはならないのだ。進め方を間違えないよう、繊細な注意が必要だった。おゆうは伝三郎に軽く一礼し、口を開いた。

「それではまず、上松屋さんの連れてこられた、清一ちゃんのことから始めましょう」

おゆうは吉次郎とお登勢に挟まれて座る、清一の方を向いた。清一は、おゆうを見返してにこにこしている。おゆうが気に入ったのかもしれない。おゆうは清一に笑みを返したが、すぐ真顔に戻った。

「吉次郎さん、了寛寺のご住職とは、前からのお知り合いですか」

思っていない方向だったのか、吉次郎の肩が一瞬、びくっと震えた。が、表情は変えずすぐに答えた。

「ご住職も手前も、香などを嗜《たしな》みますので、その集まりで何度か」

「ご住職から清一ちゃんのことを聞かれたのは、いつですか」

「はい。道久様のお孫さん捜しのことが起きましてから後の集まりで、ふとご住職にその話をいたしましたら、これは奇遇な、当寺にちょうどそのような子がいる、とのことで、手前も大変に驚きまして。翌日すぐ了寛寺に伺い、この清一に会《お》うて確かめてみましたところ、まず間違いなかろうと。これこそ仏のお導き、とご住職もお喜びで」

吉次郎は、淀みなく答えた。用意したシナリオ通りに喋っているようだ。

「了寛寺では、一年以上清一ちゃんを育てておられたのですね」

「左様でございます」

「おかしいですね。了寛寺には、若い女が出入りした様子がありません。いったい誰が、清一ちゃんにお乳をあげていたのでしょうねえ」

　ここで吉次郎の顔に、動揺が走った。

「さあ、それは。立ち入ったことと存じ、お尋ねしてはおりませんので」

　住職の女性関係に踏み込むのは避けた、と言いたいのだろう。そんな誤魔化しは効かない。

「そもそも、お知り合いの了寛寺にたまさか清一ちゃんがいたなんて、都合が良過ぎますよ。あなたまで、仏様のお導きなんて言うつもりじゃないでしょうね」

「と、とんでもない。都合が良過ぎると言われましても、実際にそうだったので」

「了寛寺に出入りする棒手振りも、子供の姿なんか見たことがない、と言っています。あなた、寺なら私たち町方が調べに入れないと思って、甘く見ましたね」

「な、何を言われるんです」

　吉次郎の顔が真っ赤になった。お登勢も眉を逆立てている。清一は、異変を感じてか怯えた様子を見せた。

「清一ちゃんは、捨て子でしょう」

「え、ええ、そうです。赤子のとき、了寛寺の門前に……」

「違いますね。捨てられたのは、ほんの二月足らず前。場所は本所花町《はなまち》のある大家さんの家の前。そうですよね」

吉次郎が飛び上がる。

「そ、そんなことはありません、この子はお寺で」

ここでおゆうが目で合図し、伝三郎が声を上げた。

「おうい、源七、来てるか」

「へい、旦那」

襖の向こうで、源七が返事をした。皆が驚いてそちらを向くと、襖がさっと開き、次の間に控えていた源七と、隣に座って頭を垂れている男が目に入った。源七はその男の襟首を摑んでぐいと引き上げ、座敷の面々に顔を見せた。

それは、門前山本町の甚五郎だった。

「おい甚五郎、お前、吉次郎に頼まれて捨て子を捜し、本所花町に捨てられてた子供を吉次郎に引き取らせたな。間違いねえか」

「へ、へい、相違ございやせん」

甚五郎はとうに観念しているようで、伝三郎に質《ただ》されると、はっきり肯定して平伏した。

「どうだ吉次郎。言うことがあるか」

伝三郎は、甚五郎を指差して吉次郎を睨みつけた。吉次郎は呆然としつつも、何か言おうとした。だがそれより先に、お登勢が「ひいっ」と悲鳴のような声を出した。

「だから言ったんだ。あんな岡っ引き、信用していいのかって。あたしは、何度も言ったんだ。なのに、なのに……」

「ええもう、よさないか！」

吉次郎が叫び、お登勢を黙らせようと手を上げた。清一が、泣き出す。

「吉次郎、控えろ！」

伝三郎の鋭い声が飛び、吉次郎はぎくっとして動きを止めた。

「お前は甚五郎を使って、本所深川一帯でこの年頃の男の捨て子があったらすぐ引き取る、という話を町役たちに流させた。それで本所花町の町役から報せがあり、引き取ったのが清一だ。出自を辿《たど》られねえよう、かねて欲深だと知っていた了寛寺の住職に金を払い、そこで育てられたことにした。相違ねえな」

吉次郎は畳に手を付いて、蒼白《そうはく》になっている。相違ない、という言葉はまだ返らない。おゆうが代わって、先を続けた。

「捨て子を手に入れても、さすがに足裏のほくろまでは揃わない。そこであんたは、彫り物師の彫銀を雇って足の裏にほくろに見える刺青《いれずみ》を彫らせた。彫銀には大金を払って、ほとぼりが冷めるまでどっかに消えてろ、と指図した。違いますか」

ほくろの刺青、と聞いた一同が、吉次郎に非難の眼差しを向ける。だが一人、玄道だけは目を逸らしていた。おゆうは玄道に向かって言った。

「玄道先生、あなたは偽のほくろだと気付かなかったんですか」

「いや、それは……不覚にも気付かなかった」

玄道は、しどろもどろになっている。おゆうは、それを見て嗤った。

「どうせあんたも、吉次郎から幾らか貰ってたんでしょう」

玄道は、呻き声のようなものを漏らした。やはりそうらしいが、こいつはどうでもいい。おゆうはまた、甚五郎の方を向いて言った。

「甚五郎親分、あんた、萬吉さんがお縄になった後、奉行所の方々が萬月を調べるのに立ち会ってますね」

萬月の最も近くに住む岡っ引きは、甚五郎だ。捜索に当然加わったはずだ。

「あ、ああ」

「そのとき、半吉さんが萬吉さんに渡した吉見神明社のお守りを手に入れ、吉次郎さんに売ったでしょう」

これを聞いて、甚五郎と吉次郎の顔が同時に引きつった。甚五郎はちらと吉次郎に目をやり、開き直ったかのように「そうだよ。五両でな」と言った。おゆうは、どうだという顔で吉次郎を見た。

「清一ちゃんが持っていたというお守りの出所、これではっきりしましたね」

「う……恐れ入りました」

ようやく吉次郎が罪を認めた。伝三郎が満足の笑みを浮かべる。おゆうは、まだ半ば呆然としているお佳に向かって言った。

「お佳さん、甚五郎親分はあなたに雇われていたはずが、実は二股をかけていたんですよ」

「吉次郎さんにも同じように雇われていたんですか」

お佳は、恥じ入った様子でおゆうに聞いた。

「ええ。お二人の間を泳ぎ回れば、二重に儲けられると踏んだんです。吉次郎さんに探りを入れてあなたに知らせる一方、あなたの周りのことも逐一、吉次郎さんに教えてたんですよ」

おゆうは、上松屋を訪ねたとき、裏路地で甚五郎の後ろ姿を見たときのことを思い出した。今から思えば、あれは探りを入れていたという様子ではない。上松屋を訪れ、お守りを売り渡して、おゆうと鉢合わせしないようこっそり出てきたところだったのだ。

「何て浅ましい男」

お佳は、次の間で縮こまっている甚五郎に、侮蔑《ぶべつ》の眼差しを向けた。それから伝三郎とおゆうに向き直り、改めて頭を下げた。

「人を見る目がありませんでした。お恥ずかしい話です」

「ま、ああいうのを雇うときには、もっと気を付けるんだな」

伝三郎は諭すように言って、また一同の方を向いた。そこで嬉一が進み出て、平伏した。

「恐れ入りました。さすがは八丁堀の鵜飼様と、噂に聞こえたおゆう親分様。まさしく快刀乱麻、お見事でございます」

何を調子のいいことを言ってるんだコイツ。おゆうは辟易《へきえき》した。味方のはずの由木まで、渋い顔をしている。

「これで道太が真の道久の孫であることがはっきりいたしました。誠にありがとうございました。御礼は改めまして……」

喜色満面でまくし立てる嬉一を、伝三郎が遮った。

「おい、何か勘違いしてねえか」

「は？」

嬉一が顔を上げ、怪訝な表情を浮かべる。伝三郎は、馬鹿にしたような笑いを浮かべた。

「俺ァ、そこの道太が本物の孫だなんて、ひと言も言ってねえぜ」

嬉一の顔が、見る見る青ざめた。

「ど、どういうことでございますか。この道太まで、偽物だと」

伝三郎は答えない。笑いを消さず、黙って嬉一を見ている。嬉一が、憤然とした。

「証しはあるのですか。道太が偽物だという証しは」

その言葉を合図におゆうがさっと席を立ち、嬉一に止める間も与えず、道太の前に座った。

「道太ちゃん、こんにちはぁ」

最高の笑みを浮かべて、両手を差し出す。道太も顔一杯に笑みを浮かべ、おゆうの方に寄ってきた。有難いことに、子供には好かれるようだ。これも日頃の行いかな。

おゆうは道太の小さな両手を取ると、あやすように軽く振った。

「さあ道太ちゃん、おとうはどこかなぁ」

それを聞いて、嬉一がぎょっとした。嬉一だけではない。由木の顔も引きつった。

おゆうは道太を抱き上げ、くるりと反対を向かせた。嬉一と由木の方に向けたのだ。

「ちちうえは、どこでちゅかー」

おとう、では反応しなかったので、言い方を変えてみた。道太はおゆうを見上げてから、「ちーうぇ」と言って笑った。それから前を向き、よちよちと前に進んで、由木の膝に手を置いた。

「ちーうぇ」

道太は、天使の如き微笑みで由木を見上げた。由木は、がっくりと頭《こうべ》を垂れた。

「嬉一さん、何か言うことがありますか」

おゆうに睨まれた嬉一は蒼白になり、反射的に横を向いた。それで充分だ。

「あの、これは、まさか……」

驚愕《きょうがく》したお佳が、問いかけてきた。おゆうはゆっくり振り向き、道太と由木を手で示して言った。

「はい。道太ちゃんは、由木様のお子です」


宇田川のDNA照合結果を見たとき、まず仰天したのがこれだった。道太が道久の孫でないとは確信していたものの、まさかれっきとした大名家の家来である由木の子、だとは想定していなかった。しかし、由木に問い質しても正直には答えまい。自らの子を差し出したのだから、余程の覚悟のはずだ。

そこでおゆうは、子供の自然な感情に任せることにした。由木がどう言い聞かせていたかはわからないが、満二歳未満の子に大人の事情を理解させるなど無理だ。由木がこの場に来たのも、道太の感情の発露から真実がばれることがないよう、制御する必要があると思ったからだろう。だが、結果として裏目に出たわけだ。

「由木さん。どういうことか、話していただきましょう」

伝三郎も、驚きを隠せないでいる。伝三郎には道太が本物の孫でないとだけは告げておいたものの、ＤＮＡの話ができないので、由木の子であることまでは事前に知らせていなかったのだ。

嬉一は少し気を取り直したらしく、何とか取り繕おうと試みた。

「あ、あの、これは何かの間違いで……子供のことですから、その……」

「黙ってろ、嬉一！」

伝三郎が一喝した。嬉一は言葉を飲み込み、身を竦めた。

「由木様。この子の本当の名は、何というのです」

おゆうが促すと、由木が重い口を開いた。

「小弥太《こやた》、だ。拙者の、四男だ」

「何でまたご自身の子を、こんなことに使おうなんて思ったんです」

伝三郎が責めた。由木はすっかり恥じ入った様子で、訥々《とつとつ》と話し始めた。

「誠に情けない話で、穴があったら入りたい。しかしながら、我が戸部家は何としても三千両、調達する必要があった。札差からも両替商からも断られ、途方に暮れていたのだが、かねて付き合いのあった信濃屋殿にお願いしたところ、この嬉一殿からさる企みに手を貸してくれたら、借財に応じるとの言質《げんち》をいただき、やむを得ず」

やはり借金を餌にされたか。勘定方の由木としては、藁《わら》にもすがる思いだったのだろう。

「嬉一は、あんたに何を言ったんです」

「我が城下の娘が、かつて道久殿と契りを結び、跡継ぎとしてその孫を捜しているので手を貸してほしい、と頼まれたのだ」

由木は嬉一から孫の手掛かりを聞いたものの、捜し出せる自信はなかった。が、話の途中で自分の四男も足裏にほくろがある、と口に出してしまい、ならば本物を捜せなかったときの身代わりに、と嬉一に説得されたのだ。もちろん由木は断ろうとしたが、由木の家は微禄なのに子沢山で、暮らし向きはだいぶ苦しかった。さらに三千両調達に失敗すれば責任問題となり、路頭に迷う恐れさえあった。由木は主家と自分の家のため、涙を呑んだのである。

「お藤さんの縁者に聞いた云々《うんぬん》の話は、由木さんがでっち上げたんですか」

伝三郎が確かめると、由木は辛そうに「左様」と答えた。おゆうは嬉一に鬼の形相を向けた。

「人の弱みに付け込んで、自分の欲のために他人の親子を引き裂こうなんて、とんでもない奴だね、あんた。きっちり落とし前つけてもらうから、覚悟しな」

おゆうの剣幕に飲まれたか、嬉一は何も言い返せず、震えながら畳に頭を付けた。

「ちーうぇ」

何も知らない道太、いや小弥太が、由木の顔を見上げて笑っている。由木はいきなり両手を伸ばして小弥太を引き寄せると、ぎゅっと抱きしめた。

「済まぬ……不甲斐《ふがい》ない父を許せ」

小弥太は父親の急な仕草に驚いたのか、目をぱちぱちさせた。が、すぐにもとの子供らしい笑顔に戻った。

（あー、本当に良かった。お金があろうとなかろうと、やっぱり実の両親のもとが一番よね）

おゆうは心から安堵して、目を細めた。それから居住まいを正すと、全員の方に向き直った。

「さて、子供たちのことは片付きました。では、残るお兼さん殺しについて、今から決着をつけましょう」

十五

庭でばたばたと足音がしたのでそちらを見ると、捕り方の小者が十人ばかり入ってきたところだった。一連の事件の犯人たちを連行するため、伝三郎が手配りしておいた連中だ。全て用意が整ったのを見て、おゆうは話し始めた。

「今から二十日と一日前、お兼さんが石島町の空家で殺された日のことです。あの空家は、お兼さんと萬吉さんが勾引かした子供を隠しておくために、治助というやくざ者を使ってこっそり借りたものだとわかっています」

おゆうはお佳に視線を移した。

「お佳さん、あの日七ツ前頃、あなたらしい人を空家の近くで見た者がいます。あの日、八ツ頃に店を出られましたね」

「ええ、それはこの前も申しました。甚五郎親分に会いに行ったのです」

そう答えたお佳の顔は、何だか苦しそうだった。おゆうは次の間に控えたままの甚五郎に問いかけた。

「甚五郎親分、それは本当ですか」

「あ、ああ、本当だ。確かにあの日、お内儀と会った」

すぐに答えたものの、甚五郎は落ち着きなく目をあちこちに動かしている。

「ただ、その……」

「ただ、何です」

甚五郎はお佳の方を見た。お佳は、甚五郎を無視していた。もう諦めたかのように。

甚五郎は溜息をついて、先を話した。

「会ったのは、八ツ過ぎからほんの四半刻だ。その後は、知らねえ」

おゆうは了解して頷き、お佳に迫った。

「あなたは遅くとも八ツ半には甚五郎親分のところを出た。七ツ前には、充分石島町まで行けますね。あの空家で、お兼さんと会ったんですか」

お佳は、ぐっと唇を引き結んだ。しかし、もう隠してはおけないと覚悟しているだろう。十秒ほど苦悩するような表情を浮かべた後、お佳は口を開いた。

「会いました。お兼を、止めに行ったのです」

おゆうはゆっくりと頷く。

「お兼さんが勾引をやっていることに、気付いておられたんですね」

「はい。甚五郎親分から、そんな疑いがあると聞きました。石島町の空家のことも。半信半疑ではあったのですが」

まさか、自分の姉がそんな犯罪に手を染めるとは思っていなかった、ということか。

「でもあの日、甚五郎親分から耳に入れておきたいことがある、と聞いて、親分のところへ行きますと、姉がまた新たな勾引をやったようだ、と聞きました。それでいても立ってもいられなくなり、すぐに石島町へ行ったのです」

おゆうは甚五郎の方を見た。今の話に間違いないな、と目で念を押したのだ。甚五郎は、汗をかきながらその通りだと答えた。

「その時、お兼さんはどうしていましたか」

「はい。空家にいました。べそをかいている子供を前に」

甚五郎が話した勾引は、健太のことだろう。だがお佳が石島町へ行ったときには、健太はもう源七の元に帰っていた。お佳が見た子供は、小吉に違いない。

「お兼さんは、その子について何と言っていましたか」

「はい。私が勾引のことを問い詰めると、この子は勾引かしたんじゃない、萬吉さんが買ってきたんだと言いました。それを信じていいのかわかりませんでしたが、勾引であれ買ったのであれ、姉は子供を物のように見ていました。私はこのままでは子供が危ない、と思いました」

「それで、お兼さんを説き伏せようとなすったのですか」

「はい。勾引のようなことは人の道に反するから、二度としないで、と。でも、耳を貸そうとはしませんでした。もともと我の強い人だったのですが、欲に目がくらんだのか、まともにものを考えられなくなっていたようです」

空家で言い争う姉妹の姿が目に浮かんだ。悪堕《あくお》ちした姉を前に、お佳は、ずいぶん辛かっただろう。

「それであなたは、どうしました」

「はい。もう話しても駄目だと思い、姉を突き飛ばし、子供を抱いて逃げました」

「お兼さんは、追っては来なかったのですね」

「喚き散らしてはおりましたが、そんなガキ……子供は、幾らでも代わりがいる、勝手にしやがれ、と、捨て台詞《ぜりふ》のように」

追いかけて表通りで争いになるより、小吉は捨てて他の子をまた調達すればいい、と考えたのか。冷徹なようでいて、常軌を逸しているとしか思えない。

「それでお前は、お兼を殺したりしていない、と言うのか」

伝三郎が、念を押すように聞いた。お佳は伝三郎に向かって手を付いた。

「誓って、姉を殺してなどおりません。私は子供を抱いたまま、その場から走り去りました」

「誰もその様子を見ちゃいねえが」

「はい……見られないよう、気を付けていましたので」

目撃者がいないのは不利だ。が、おゆうは安心させるように言った。

「わかっています。あなたが殺したとは思っていません」

お佳は、えっという顔でおゆうを見た。他の面々も、おゆうの発言を意外に思ったようだ。互いに顔を見合わせている。じゃあ、犯人は誰なんだとばかりに。

「さて由木様。あなたにもお伺いしなくてはなりません」

小弥太を抱いたまま目を背けていた由木は、不安げな顔をゆっくりとこちらに向けた。

「お佳さんが逃げた後、あなたも石島町に行かれましたね」

皆の視線が、由木に集まった。嬉一でさえ、驚いたように由木を見ている。

「いや……確かに、行った」

由木は抵抗することなく、おゆうの言うことを認めた。

「お兼が怪しげな動きをしているのは、気付いていた。それで時折、様子を窺っていたのだ。石島町の空家は、以前にお兼を尾けて見つけてあった」

「でも、勾引については知らなかったのですか。空家の中を覗いてみようとはなさらなかった？」

「うむ……私はどうもそういうことには不器用でな。中を探ろうとしたが、人に見られたりせぬかと気になって、周りを歩くだけしかできなかった」

「では、あの日も？」

「左様。傍まで行って、耳を近付けてみたが何も聞こえなかった。それで覗くのをやめ、引き上げてしまったのだ」

その時間には、お兼は既に殺されていたのだろう。気の小さい人だな、とおゆうは思った。事を荒立てて自分たちの方の企みも露見してはまずい、と思ったのだろうが、結局事態はどんどん悪化することになる。

「空家には、一歩も足を踏み入れていらっしゃらないのですね」

「そうだ。お兼を殺したりなど、しておらぬ」

「結構です。由木様の仕業とも、思っておりません」

それを聞いた由木は、安堵と疑念が綯交《ないま》ぜになった表情を浮かべた。

「さ、左様か。では、いったい誰が……」

座敷にいた誰もが、由木と同様におゆうを見つめている。おゆうはその視線をものともせず、落ち着き払って言った。

「誰が、と問う前に、同じくらい肝心なことがあります。お兼さんは、何故殺されなくてはならなかったのか、です」

一同が目を瞬いた。これまでそういう観点から考えた者はいなかったと見える。

「それは……勾引を止めるためではないんですか」

玄道が言った。直接当事者ではないだけに、一番冷静なようだ。

「そうですね。では、勾引が表沙汰になると、何が起きるでしょう」

「はあ……」

玄道がちょっと首を傾げてから、お佳に目をやって言った。

「信濃屋さんが、大変なことになるでしょうな」

「はい。お佳さんも、お姉さんのことを心配して、というだけでなく、お店を守らなくてはならないので、勾引をやめさせに行ったのでしょう」

おゆうは、お佳に目をやった。お佳は、黙って小さく頷いた。

「でも、お佳さんは殺しをやってはいません。信濃屋さんの看板に傷が付くと困るのは、吉次郎さんや嬉一さんも同じですが、この人たちは石島町に行ってはいません。では他に、お兼さんを殺してまでお店を守りたいと思った人は、いるでしょうか」

おゆうは当惑している一同を眺め渡し、末席で目を留めた。そこに座っている男は、身じろぎ一つしていない。

「小兵衛さん、ちょっとこちらに来ていただけますか」

これまでひと言も発せず、末席にじっと座っていた小兵衛は、名指しされてゆっくりと立ち上がった。全員の視線が集まったが、小兵衛はただ前だけを見ておゆうの前に進み、その場に座り直した。

「はい、何でございましょうか」

小兵衛の顔にはこれまで同様、何の感情も表れていない。ある意味、見上げたものだとおゆうは思った。

おゆうは返事する前に、いきなり小兵衛の右手を摑んで持ち上げると、袖をまくった。小兵衛は、全く抵抗しようとしなかった。

「小兵衛さん、この傷は何ですか」

小兵衛の肘の下から手首の十センチほど手前までに、赤い筋が四本。一本はもう消えかけているが、残り三本はまだはっきりわかる。引っ掻き傷だ、というのは素人目にもわかった。

「これは……猫にやられまして」

小兵衛はうろたえた素振りもなく、言った。おゆうは玄道に声をかける。

「玄道先生、これは猫に掻かれた傷でしょうか」

いきなり呼ばれた玄道は、慌てて顔を寄せ、小兵衛の腕に目を凝らした。

「いや、違う。大き過ぎるし、猫の爪なら、もっと細くて深い傷になる」

「では、人の爪によるものですか」

「もう治りかけているので断言しかねるが、四本並んだ筋から見ても、そう思って間違いないでしょう」

一座が、どよめいた。

「結構です。ありがとうございました」

玄道も、ようやく医者らしく役に立ってくれた。おゆうは小兵衛の腕を離した。

「小兵衛さん、この傷は、あなたがお兼さんを刺したとき、抗ったお兼さんが付けたものですね」

宇田川のDNA照合結果で、最も驚いたのがこれだ。お兼の爪から採取した微細証拠に皮膚片があり、そのDNAを信濃屋で玄道の手を借りて採取した全員のDNAと照合したところ、小兵衛のものと一致したのだ。宇田川にはそこまで詳細に頼んだわけではないが、半分以上は趣味で、片っ端から照合をかけてみたらしい。いったいどれほどの費用がかかったのか心配になるものの、成果は決定的だった。

おゆうは信濃屋の下女の証言を思い出していた。お佳が事件の日の八ツ頃から外出したことを聞いたとき、大番頭の小兵衛も外出していたと確かに言っていたのだ。

「甚五郎親分！」

おゆうは顔を上げ、次の間に向かって怒鳴るように言った。甚五郎が跳ね起きる。

「あんた、小兵衛さんにも摑んだネタを流して、小遣いを貰ってたんじゃないの」

甚五郎の顔が歪む。

「あ、ああ、その通りだ」

まったく、このコウモリ男め。お兼の勾引について、小兵衛も甚五郎から聞いていたのだ。だが無論、奉行所に知られるわけにはいかない。甚五郎は、口止め料の形で相当な金額をせしめたことだろう。

「さて、小兵衛さん」

おゆうは改めて小兵衛に言った。

「あなたは甚五郎親分から話を聞いていたので、あの日お佳さんが外出したとき、お兼さんを止めに行くんだろうと察して、人目につかないよう石島町に先回りした。隠れて様子を窺っていると、お佳さんとお兼さんは口論になり、お佳さんは子供を連れて逃げた。あなたはその後で空家に入り、お兼さんと会った。が、頭に血が上っていたお兼さんは、あなたの言うことなど聞かない。それであなたは、お店を守るためには、事が露見する前にお兼さんを始末しなければならないと考えたのでしょう。如何ですか」

おゆうは言葉を切って、小兵衛を正面から見据えた。小兵衛はしばしじっと黙っていたが、おゆうに名を呼ばれた時点で覚悟はしていたのだろう。すっと頭を下げた。

「親分さんの、おっしゃる通りでございます」

おゆうは、ほっと肩の力を抜いた。実直で無表情な執事が犯人。まるで英国ミステリの古典劇だわ、とおゆうは思った。

伝三郎に昨日、この話をしたときには、さすがに信じさせるのが大変だった。

「あの生真面目な番頭がか？　いくら何でもそいつは」

「でも、お兼さんが殺されたとき、店にいなかったのは確かなんですよ。お佳さんでも由木さんでもないとしたら、お兼さんを殺したいと思う人が他に誰かいますか」

吉次郎とお登勢は上松屋にいたことがわかっているし、嬉一は夜になって仲間と吉原に出かけるまで、信濃屋にいた。共に、複数の目撃者がいる。

「そりゃまあ、わからねえでもねえが」

伝三郎は、まだ確信が持てないようだ。

「鵜飼様、気付かれましたか。お兼さんの爪に、僅かですけど血が付いていたのを」

「血？　いや、気付かなかったが」

伝三郎は驚いていた。これは嘘ではない。だが、あの日の現場で見てわかるほどの量ではなく、おゆう自身も気付いていなかった。宇田川の検査で見つかったのである。皮膚片、などと言っても余計に伝三郎にはわかり難いだろうから、血の話にしたのだ。

「お兼が、下手人に抗って爪で傷を付けたかもってのか」

「ええ。お佳さんには傷はありません。小兵衛さんの腕なんかを見て、掻き傷でもあれば証しになるのでは」

「ふうむ……」

伝三郎は考えた末、おゆうの話に乗ってみようと言った。信濃屋に全員を集め、子供の件も含めて決着を図るという策に同意したのだ。おゆうが言うほどうまくいくとは思っていないようだが、当たれば幸い、という気になったのだろう。

一方、おゆうにはＤＮＡのおかげで結果は見えている。由木の腕に傷がないことは、小弥太を抱き上げさせたときに伝三郎にもわかったはずだ。お佳については、実はおゆうも傷の有無を確認してはいなかったが、犯人でないことはわかっているので、構わなかった。

伝三郎が立ち上がり、小兵衛の前に膝をついた。

「お前、脇差を持っていったな。初めからお兼を殺す気だったのか」

「いえ……お佳様に万一のことがあっては旦那様に申し訳が立ちません。そのための用心でございます」

「お兼が妹を手にかけるかもしれねえと思ったのか」

「ご姉妹は、決して仲が良いとは言えませんでした。しかもお兼様は、勾引に手を染めた頃から、いささか正気を失いかけておるように思えました。お佳様の話を受け付けず、却って害をなす場合もあろうかと」

「そうか。しかし、お佳は無事だった。それでもお前は、お兼を刺した。やっぱりお前は、お兼が本当に正気を失っているようなら、店を守るため、始末する気だったんじゃねえのか」

小兵衛は、すぐには答えなかった。が、そこで無表情が崩れた。小兵衛の顔に、苦悩らしきものが表れた。

「あのとき……お佳様がお逃げになってから、空家に入りました。お兼様に、どうかもうこのようなことは、と申し上げるつもりだったのですが」

小兵衛は、ふうっと溜息をついた。

「お兼様は、私が入ったのにも気付きませんでした。お佳様が逃げた方に向かって、喚いておられました。信濃屋は絶対に私のものにする、子供なんか、どうとでもなる。何人でも攫って、何人でも始末してやる。上松屋や嬉一が子供を連れてきたら、そいつも始末してやる、と叫んでいたのです」

「何だと……」

さすがに伝三郎も顔を歪めた。事実なら、お兼はやはり、狂いかけていたのだろう。

「ぞっとしました。この有様では、話を聞くどころか、本当に子供殺しまでやりかねない。そう思いました。それで……」

「信濃屋を守るためには、この場で始末するしかない。そう思ったんだな」

「左様でございます」

小兵衛は、そのまま平伏した。

「殺しに使った脇差は、どうした」

「手前の家の床下に、埋めてございます」

大川などに捨てたのではなかったか。それなら、掘り出して回収すれば充分な物証になる。伝三郎は、わかったと言って捕り縄を出した。

「信濃屋番頭小兵衛、お兼殺しの科《とが》により召し捕る。罪状明らかにつき、このまま大番屋へ入れ、詮議いたす。良いな」

小兵衛は、素直に縄を受けた。伝三郎は小兵衛を縛ると、他の面々に向けて言い渡した。

「吉次郎、お登勢、嬉一、それに甚五郎。お前たちのやろうとしたことは、詐欺による信濃屋の身代乗っ取りに他ならねえ。これだけの騒ぎにしちまったからには、番屋でじっくりと調べさせてもらうぜ。覚悟しておけ」

伝三郎は、源七と捕り方たちに目で合図した。捕り方たちが座敷に上がり、容疑者たちを引っ立てていった。吉次郎もお登勢も嬉一も、別人のように萎《しお》れていた。

「由木さん、あんたにも後で話を聞かせてもらいますぜ」

「心得ました。このたびは、拙者の不徳の致すところ。誠に申し訳ござらぬ」

由木は神妙に頭を下げた。伝三郎の顔には、何故か済まなそうな表情が浮かんだ。由木やはり由木に何か気を遣っているようだ。だがまあ、事件は一応解決したのだ。由木のことは、いずれ時が経てば、伝三郎の口から聞けるかもしれない。

「鴻飼様」

小兵衛を連れて座敷を出ようとした伝三郎に、おゆうは言った。

「私はこの後、ちょっとお佳さんとお話をしたいので、しばらく残ります」

「うん？　そうか。わかった」

伝三郎は、何か察したようだ。頷くと、皆を引き連れて出ていった。玄道も周りを窺いながら、私も失礼しますと言ってそそくさとその場を後にした。これ以上の面倒はご免だ、とその顔が言っている。後には、お佳とおゆうが残った。

「お佳さん……」

他に誰もいなくなったのを確かめて、おゆうが話しかけた。お佳はそれを制し、「奥へどうぞ」と襖を示した。お佳は先に立ち、襖を開けて、おゆうを一つ奥の八畳間に誘った。おゆうはお佳に従い、その座敷に入った。

十六

二人だけで対座したお佳は、おゆうが話し始めるのを待った。どんな内容になるのか、薄々感じ取っているようだ。覚悟したような目であった。

「お佳さんとお兼さんは、あまり似ておられないのですね。こう申しては何ですが」

おゆうはまず、そこから始めた。お佳は、意外そうな顔もせずに答えた。

「はい。父親が違いますので」

やはりそうか。

「お気付きかと思いますが、顔立ちは私より、姉の方がずっと綺麗でした」

それはおゆうも思っていた。しかし当人を前に肯定もし難いので、「そうでしょうか」と言うにとどめた。

「だいぶ以前から、仲は良くなかったのですか」

いささか不躾な聞き方だが、お佳は不快に思った様子もなく、かぶりを振った。

「もとは、そんなことはございませんでした。姉との仲がおかしくなったのは、私が道久の後添いに入ってからです」

「それは……」

ある程度想像はついた。嫉妬だ。容姿で明らかに自分より劣るお佳が玉の輿に乗ったのが、お兼の自尊心を傷付けたのだ。

「姉は自分に強く自信を持っておりました。萬吉さんに請われて萬月に嫁入りしたときも、大層自慢げでした。それだけに、私が道久に見初められたことが腹立たしくてならなかったのでしょう。道久からは、私の姉の嫁ぎ先ということで、萬月には相当な肩入れをしていただいておりました。ですが姉は感謝するどころか、本来ならもっと貰えるはずだと私を責めました」

「それはちょっと酷いですね」

「姉の気持ちもわかりましたので、できるだけのことはしておりましたのですが……今度のことで、欲に火が点いてしまったようです」

「それで、あんな無茶をしてまで道久さんの孫を」

「はい。勾引までやってしまうほど、姉の執念が強いとは思いませんでした。それでもなかなか孫に仕立てられるような子は見つからず、次第におかしくなってしまったようです」

欲の妄念が人を狂わせる。お兼は嫉妬がもとになっているだけに、余計悪かったのかもしれない。

「小吉ちゃんは、どこにいるんですか」

「押上《おしあげ》の寮の手伝いをしてくれている女衆がおります。近所のお百姓ですが、その家に匿ってもらっています」

ならば安全だろう。早く半吉とお八重のもとに返してやらねば。そう言うとお佳も、もちろんですと答えた。

「言うまでもありませんが、小吉ちゃんと引き換えにしたお金は、返していただく必要はありません。これだけの御迷惑をおかけしたのですから」

「わかりました。そのように伝えます」

どのみち、萬吉が出した金である。金の問題ではないと言うべきだろうが、貧乏所帯の半吉たちにとっては、有難い話に違いなかった。

「さて、このお孫さんの話なのですが」

おゆうは改まってお佳を見据えた。

「ここに連れてごられた子供は、いずれもお孫さんではありませんでした。それでは、本当のお孫さんはどこにいるのでしょう」

「さあ、それは。どこかの空の下で、幸せに暮らしていてくれれば、と」

もう捜さないでもいい、という意味なのだろうか。おゆうは、さらに言った。

「本当にそうお思いですか」

お佳の顔に影が差した。

「どういうことでしょうか」

「私が最もお聞きしたいことはこれです。お話のお孫さんというのは、本当にいるのですか」

お佳の顔が曇った。が、そこに見えるのは怒りではなく、諦めだった。ほんの少しの沈黙の後、お佳が言った。

「どうしてそう思われたのですか」

否定ではなかった。おゆうはほっと息を吐き、お佳の問いかけに答えた。

「実は、初めから何だか妙だと思っていたのです。道久さんは、若いときはいざ知らず、信濃屋を築いてからは、お藤さんとその係累を捜すことなど、いつでもできたはず。何故、今頃になって」

「それは……年も年ですし、それまで気にしていなかった跡継ぎのことが急に心配になったからでございましょう」

「それなら、何もお兼さんや吉次郎さんに任せず、お藤さんの消息を調べた人に、そのまま孫捜しを続けさせれば良かったでしょう。それに信濃屋さんの身代なら、人捜しに長けた手練《てだ》れを何十人でも雇えたはずです」

「でも、後見のこともありましたから」

「だから身内に？　寧ろ、悪い流れになったではありませんか。それを道久さんほどの人が考えなかったとは思えません」

本気で孫を捜すなら、中立の立場にあって信用のおけるプロを雇うのが当然だろう。道久は、敢えてそうしなかったのだ。

「そもそも、生まれた日も場所もわからず、どこにいるかもわからない孫が確かにいると、道久さんはどうして確信していたのでしょうか」

お佳は俯き加減になった。

「たぶん……他にも誰かから聞いたのでしょう」

「もっとおかしなことがあります。孫の見分け方です」

「見分け方？　ほくろのことでしょうか」

「はい。見たこともない孫の足の裏にほくろがあるなどと、どうしてわかるのですか。噂でさえなく、はっきりとそれをおっしゃったのでしょう。変だと思いませんか」

所在不明で会ったことすらない幼児にしては、いろいろと情報が具体的過ぎるのだ。

お佳が、言葉に詰まった。

「お佳さん、お答えください。道久さんに孫がいるなんて、でっち上げですね」

お佳の肩が落ちた。

「も……申し訳ございません。おっしゃる通りです」

「道久さんの差し金ですか」

「は、はい。でも、それには……」

「理由もだいたいわかります。道久さんは、親族の誰も信用できなかった。口ではへつらいながら、自分の財産を虎視眈々と狙っている。そう思われていたのでしょう。ご自身が病に臥され、道久さんは店の先行きが心配になった。そこで欲深な連中を放り出すため、罠《わな》を仕掛けたんです。孫を捜し出した者に後見を任せる、とね」

そう持ちかければ、欲に駆られた連中は、ろくに考えもせず、偽の孫を仕立てて財産を狙ってくるだろう。そうして偽物が集まったところで、実は孫なんかいないと暴露し、よくも騙そうとしたなと騙《かた》りどもを放逐するつもりだったのだ。店は最初から、お佳と小兵衛に任せる考えだったわけだ。

「道久さんの段取りとは少し違いますが、結果は思惑通りになりましたね」

おゆうは皮肉っぽく言った。お佳は「それも、おっしゃる通りです」と俯いた。これで、おゆうの確かめたかったことはわかった。しかし、これで済ますわけにはいかない。いかに大金持ちといえど、こんな計画を実行すれば、あちこちの無関係な人に災いが及ぶことぐらい想像がついたはずだ。現に源七をはじめ、一時的とはいえ子供を誘拐された親たちは、言いようのない恐怖を味わったのだ。落とし前をつけてもらわないと、気が済まない。

「お佳さん、あなたが謝るだけでは事は済みません。道久さんに、ひと言言わせていただきます。その奥に寝ておられるんですよね」

おゆうは、さっと立ち上がって襖に手を掛けた。

「あっ、待って下さい」

お佳が顔色を変えて、腰を浮かせた。それを振り払うように、おゆうは襖を引き開けた。

八畳間の中央に、布団があった。金糸や銀糸をふんだんに使った、最高級の絹の布団だ。そこに白髪の老人が寝ていた。おゆうは道久の顔は知らない。その老人は、江戸でも最大級の豪商というイメージからはだいぶかけ離れた、頰の肉が落ちてすっかり萎《しな》びた姿であった。一瞬、本当に道久なのかと迷った。

老人は顔を動かして、おゆうを見た。その目に、力は感じられない。戸惑っていると、お佳が慌てて入ってきて、両手をついた。

「旦那様、申し訳ございません。この方は……」

「ああ、お藤か」

道久は、目を細めて穏やかに言った。

「これはお前の妹かい」

おゆうはぽかんとした。この爺さん、何を言っているのだ。

「信濃屋さん、私は東馬喰町で十手を預かる、ゆうと申します。このたびの孫捜しについて、どうしても申し上げたく……」

構わず布団の横に座り、畳みかけようとした。が、お佳が必死におゆうの袖を引いた。それを払いのけようとしたとき、道久が言った。

「孫か。そうか。孫が来ているのか。それはいい」

道久は微笑を浮かべ、うんうんと頷いた。おゆうは絶句して、道久を見つめた。道久は邪気のない顔で、ただ微笑んでいる。おゆうは、そうっと振り向いた。

「いつから、こんな様子なんです」

「ここまでになったのは、このひと月ほどです。時々は正気に戻るのですが、その間がどんどん長くなって」

「最初に気付かれたのは、いつですか」

「一年余り前です。それまでも、忘れっぽくなったと愚痴をこぼしておりましたのですが、ある日、私をお藤と呼んだのです」

「今もそうでしたね」

「ええ。私が笑って、どうしたのですかと聞くと、お藤と呼んだこと自体、もう覚えていないようでした。そのときはさほどに思わなかったのですが、次第にそんなことが増えてまいりまして。病に臥せってからは、特にひどくなりました」

おゆうは唇を噛んだ。まさか、こんなことになっていたとは。

「玄道先生は、承知しておられますよね。お診立ては」

「お年のせいだと。もう良くなることはない、とのことでした。それで、決して他言しないようお願いいたしました」

多額の報酬と引き換えに、口をつぐんだか。仕方あるまい。

「今度のことを企てられたときは、どんなご様子でした」

「はい。そのときは物事をはっきりと考えておられるように見えましたが、私がそんなことはやめようと申しましても、全く聞いてはくれませんでした。そこまで意固地になることは、今までなかったのですが」

あんな無茶苦茶な計画を考えたことには、この症状の影響があったのかもしれない。こればかりは、何とも言えない。

「このことは、小兵衛さんもご存知なのですね」

「はい。ですが、店のほとんどの者は知りません。病に障ると言って、遠ざけております」

小兵衛も、道久に相談することも叶《かな》わないまま、自分で店を守る算段をしなければならなかったのだ。そうでなければ、殺人という極端な手段に走らずとも済んだかもしれなかったのに。

「そうですか……わかりました」

おゆうは道久に一礼すると、すっと立ち上がり、隣の八畳間に戻った。道久は何も言わなかった。お佳はおゆうに続いて道久の寝間を出ると、そっと襖を閉めた。

「お藤さん、という人は、本当にいたんでしょうか」

八畳間に座り直してから、おゆうは聞いた。孫のことが作り話だった以上、道久が若い頃惚れたというお藤も、実在するかは疑わしい、と思っていたのだ。

「はい、いました。吉見城下で出会った、というのも本当です」

「それは、道久さんに聞いたのですか」

「はい。後添いにと望まれてから、聞きました。決して身代わりを求めるわけではない、ともおっしゃいまして」

「身代わり？」

「料理屋の仲居に過ぎない私のようなものを、どうして旦那様が望まれたと思いますか」

おゆうは、あっと思った。道久が美人のお兼を選ばなかったのは、そういうわけか。

「もしや、あなたは……」

「はい。若い頃のお藤さんに、そっくりだそうです」

その途端、おゆうは道久が何故こんなことをやろうとしたのか、わかったような気がした。道久には、信じられる家族がいない。子も先妻も亡くしてからは、周りを取り巻くのは腹に一物ある数少ない親族だけになってしまった。もしお藤と一緒になれていたら。信濃屋の身代は築けなかったかもしれないが、幸福な家族は得られたのではなかろうか。

（老いた道久は、家族が欲しかったんだ）

巨万の富と引き換えの、孤独。孫捜しは、実は道久の秘められた願望でもあったのだ。計画を考えたとき、得られなかった家族の夢を、遠くに見ていたのかもしれない。

おゆうは、閉じられた襖にもう一度目をやった。道久の立志伝の結末は、何て切ないんだろう、とおゆうは思った。

十七

「いやあ、しかし、あの生真面目一徹に見えた番頭が下手人とは、なあ。世の中、わからねえもんだ」

「さかゑ」の板敷きで膳を前にした源七は、いつも以上に饒舌《じょうぜつ》だった。まだ日は高いが、既に銚子が一本、空になっている。

「生真面目一徹だからこそ、ですよ。信濃屋を守るためには、どんなことでもしなけりゃと思ってたんでしょうねえ」

おゆうは嘆息するように言った。小兵衛は四十年前に道久のもとで働き始め、二人三脚で店をあそこまでにしたのだ。店への愛着と道久に感じる恩義は、人一倍強かったに違いない。

「それが結局、店を駄目にしちまったんだから因果なもんだ」

信濃屋の処分はまだ確定していないが、これだけの騒動を起こしたのだ。恐らく闕《けつ》所（しょ）になるだろうが、臥せったままの道久を追い出すわけにもいかず、道久の死を待って処分が為されるのだろう。

「そういや、由木さんの吉見藩だが、うまく三千両せしめたってのは本当かい」

「せしめたと言うか、お佳さんが三千両の貸付に応じたってのは聞きました。店が闕所《けっしょ》になる前に、滑り込みでやったって感じですね。由木さんには、負い目を感じてたようですから」

由木も三千両の借り入れのために巻き込まれたわけだから、被害者の一人とも言えるだろう。お佳もその点を配慮したのだ。この跡目騒動は、お佳が責任を持って後始末をするそうで、奉行所にもそう明言している。

「清一ちゃんて子は、どうなったんです。捨て子だったんでしょう」

新しい冷や酒の徳利を運んできたお栄が聞いた。母親の立場として、それが一番気になるようだ。

「お佳さんが引き取って、自分の子として育てるそうです。たぶん、それが一番良かったんじゃないでしょうか」

「そうなの。安心したよ」

お栄は安堵の笑みを見せ、おゆうと源七の前に徳利を一本ずつ置いた。

「お前さん、ここまでにしときなよ。まだ七ツにもなってないんだからね」

「何だよ、ケチくせえことを言いやがって」

「駄目だよおとう。まだ仕事なんだろ」

いつの間にか後ろに来ていた栄介が、源七を睨んだ。源七がびくっとする。

「何だ栄介、いたのか。いいや、今日の仕事は終わりだ。信濃屋の大騒動を片付けたんだからな。もう今月はゆっくりするぜ」

「片付けたって、ほとんどおゆうねえちゃんの手柄じゃないか」

源七が飲みかけた酒を噴きそうになり、おゆうは苦笑した。

「そんなことないよ、栄介ちゃん。おとうが一杯いろいろ聞き回って、足を棒にして、ちゃんと証しを拾ってくれたから、悪い人をお縄にできたんだよ」

おゆうが急いでフォローを入れると、源七は胸を張って、「その通りだ。もっとおとうを信用しろ」と言った。

「つまり、足を使うのがおとうで、頭を使うのがおゆうねえちゃんってことだね」

栄介が鋭い返しを寄越した。あらあら、フォローにならなかったか。源七がまた噴きかけ、お栄が笑った。

「でもお佳さんはこれからどうなるんだろ。せっかく玉の輿に乗ったのに、信濃屋さんがああなっちゃねえ」

お栄が心配そうに言った。清一を引き取っても、お佳が路頭に迷っては仕方がない、と思ったようだ。

「闕所になっても、お佳さんが一文無しになるわけじゃありませんから。奉公人や取引先を引き継いでもらった後、手元に残るお金で小さな店を出すつもりらしいです。小料理屋か、居酒屋の」

「昔取った杵柄《きねづか》ってわけね。あんな物凄い大店を仕切るより、身の丈に合った商いをする方が幸せかもしれないね」

お栄は、それがいいとばかりにしきりに頷いた。

「そう言えば、姿をくらました彫銀はどうなったんです」

おゆうが思い出して聞いた。源七は「ああ、あいつか」と鼻を鳴らした。

「四ツ谷の知り合いの家に転がり込んでやがったのを、あの界隈の岡っ引きが引っ張ってきたようだ。まあ、注文されて子供の足にほくろを作ったからって、罪になるわけじゃねえからな。どんな企みがあったのか知らなかった、て言い張りゃ、お叱りだけで済むんじゃねえか」

けん責処分だけか。大した役割ではなかったのだから、そんなものかも。

「上松屋とか、嬉一とかいう穀潰しはどうなるのさ。重い罪なんだろ」

お栄が聞くと、源七は腕組みした。

「そいつは吟味方や御奉行様が決める話だからなぁ。ま、しくじったとはいえ、あれだけ大層な騙し技で何万両って身代を掠め取ろうとしたんだ。悪けりゃ死罪、良くても遠国へ追放だろうな」

勾引をやったお兼は、生きていれば間違いなく死罪になったはずだ。因果応報というべきか。従犯の萬吉は、遠島で済むかもしれない。

店の裏手でぱたぱたと足音がし、小さな影が駆け抜けるのが見えた。

「あ、駄目だよ健太にお圭代。勝手に走って遠くに行っちゃ」

栄介が大声で言いながら、影を追って表に飛び出した。源七が、しょうがねえなと言いながら盃を啜る。

「みんな元気でいいじゃないですか」

改めて、健太が無事だったことを天に感謝する。

「栄介ったらねえ、また健太みたいな災難が起きないよう、自分が見張るんだって。近所の小さい子も含めて、ずっと世話焼いてるのよ」

「しっかりしてるじゃありませんか」

「そりゃあ、俺の倅だからな」

源七が、目を細めた。

「おゆうさん、帰らなくていいの。もう七ツの鐘が鳴るよ。鵜飼様が来るんでしょ」

お栄に言われて、あ、そうだと額を叩いた。伝三郎が、今晩寄ると言っていた。

「そうでした。買い物もしなきゃ。ご馳走《ちそう》さまでした」

おゆうは、旦那と仲良くね、というお栄に送られ、表に出た。通りの先を見ると、栄介たちの遊ぶ姿が、傾きかけた日に照らされていた。子供たち輝いてるな、とおゆうは微笑む。季節は晩春から初夏へと移ろうとしていた。今日もいい陽気だ。

＊　＊　＊

七ツ過ぎ。奉行所を出た伝三郎は、大きく伸びをした。信濃屋の一件の調書を作って吟味方に送るのに数日を費やしたが、ようやく終わったのだ。

（やれやれ、今度もおゆうにだいぶ助けられちまったな）

相当複雑な事件だったが、すっきりと片付いたことで、珍しく筆頭同心の浅川《あさかわ》からも、御奉行がお喜びだと労《ねぎら》いの言葉があった。そりゃあ信濃屋が闕所となりゃ、莫大《ばくだい》な資産が幕府の懐に入ってくるんだから、万年財政難の幕府にとっちゃ美味しいわな、と伝三郎は内心で嗤う。

（あの二人の子供、清一と道太、いや小弥太を偽物と見破ったのは、どういう手なのか）

甚五郎に捨て子を引き取ったことを吐かせたり、小弥太に由木が父親だと示させたことは、駄目押しだったように思える。おゆうは事前に、二人が道久の孫でないという確証を掴んでいたのだ。それを言わなかったのは、またぞろ未来の手法を使ったからに違いない。どういうものかはわからないが、玄道を使って何かやっていた節があるので、それが関係しているのだろう。

小兵衛のことにしてもそうだ。おゆうはお兼の死骸の爪に血があったと言っていたが、どう考えてもそんなものはなかった。あのとき、おゆうは死骸の指先をいじっていたように見えた。恐らく爪に挟まったものをこそぎ出し、後で顕微鏡か何かで調べたのだろう。小兵衛の腕をまくったときも、確信があったようだ。どうやって小兵衛だと断定できたのかは、わからないが。

（それにまた、千住の先生もしゃしゃり出てきたしな）

了寛寺の調べはあいつがやったんだろうが、今回は割にあっさりと未来へ帰ったようだ。何かあっちで気になる用事でもあったのか。まあ、長居してくれない方がこっちとしては有難い。いずれゆっくりと尻尾を摑んでやるが、それは急がなくてもいい。

しかし、と伝三郎は思う。今回は、伝三郎の方にも負い目があった。由木藤十郎のことだ。

（おゆうは、俺が由木のことを妙に気遣っていると不審がっていたなあ）

深く追及されたらどう誤魔化すか、考えていたのだが、事件が解決したことでうやむやになり、助かった。伝三郎自身も、困惑していたのだ。

伝三郎は、久々に思い出していた。もう十何年も経つ。こちらの世界に来る少し前、昭和二十年のあの日のことを。

(もう、名前も忘れかけてたってのに)

伝三郎は、長く使っていなかったその名を胸の底から呼び起こし、再び嚙みしめた。由木正臣《まさおみ》。それが伝三郎の本名だった。


「いよいよ、行くか」

床の間を背にして座った父が言った。

「はい。お国のため、恥ずかしくない御奉公をしてまいります」

正座した正臣は背筋を伸ばし、堅苦しく言った。東京の大学に通っていたが、学生の徴兵猶予は一昨年に取り消され、ならばと思い戦局の悪化を見て志願したのだ。正臣の兄は体が弱く、内地で文官として勤務していた。だからこそ自分が、との思いもあった。

東京の下宿を出て実家に戻ったのが昨日の夜。明日には、入営となる。御奉公してまいります、とは言ったが、戦局を見れば、入営すればもう帰れない、ということは覚悟していた。明朝が両親との、今生の別れになるかもしれない。

「改めて言うまでもないが、我が由木家は士族。代々、吉見の戸部家に仕え、御一新前には三十石を賜っていた。その家名を汚さぬよう、立派に務めてきなさい」

父もまた、硬い表情を崩さずに言った。長く教師を務めてきた父は、多くの教え子を戦場に送り出し、既にそのうちの何人かは遺骨で帰還している。もしかすると、自分の息子が出征していないことにどこかで負い目を感じていたのかもしれない。だが、いざ息子がとなると、その思いは複雑だったろう。

「はい。先祖に会ったら、自分は務めを果たしたと胸を張って言えるようにします」

英霊となってあの世に行ったら、という意味でもあった。父は、重々しく頷いた。

由木家の先祖は、二万石の大名家で代々、勘定方として働いてきた。どちらかというと縁の下の力持ちのようだが、江戸時代も後期になるとどこの藩でも財政が苦しくなり、由木家のような勘定方は、その手腕に藩の命運がかかるようなこともあったらしい。

「しかし勘定方って、経理でしょう。今の会社ならともかく、江戸の大名家じゃ、地味な仕事ですよねえ」

かつて正臣は、父にそんなことを言った。三十石という家禄は決して多くはない。中堅以下、というところだろう。戦国時代に勇名を馳《は》せたなんて話も聞いたことはないし、正直、士族と言っても、それほど誇れる家柄とは思えなかった。

「文政年間には、商人から多額の借り入れを成功させ、お褒めをいただいたこともあったそうだ」

父は顔を顰めて、そんなことを言った。地味な仕事であっても、泰平の江戸時代においては槍や刀より、金をどう調達するかが戦と同様になっていたと言いたかったのだ。だが今、正臣が赴こうとしているのは本物の戦場だった。

皮肉な話だ、と正臣は思う。先祖は刀を差しながらずっと算盤《そろばん》を使ってきたというのに、今になって子孫が戦に向かうとは。

「正臣、体だけは気を付けて」

母が言った。これから死地に赴くことになるのに、おかしな挨拶だ。だが、母としてはそう言うしかなかったのだ。正臣は、「はい」と素直に頭を下げた。母は、「頑張ってきなさい」と千人針を差し出した。近所中に頼んだものだろう。正臣は有難く受け取った。

「兄貴、俺も続くから。後から必ず、行くから」

十四歳になる弟が、力を込めて言った。彼の年なら、あと一、二年で召集令状が届くだろう。ただし、それまでこの国が保てばの話だ。正臣は、「ああ」とだけ言った。弟が召集されるまでに、戦争は終わっている。そう確信していた。俺がいなくても、後はこの弟が家を守ってくれる。

入営する朝は、晴天だった。近所の人々が集まり、「おめでとうございます」と口々に挨拶した。何がおめでたいのか、と正臣は歯を食いしばった。

「行って参ります」

両親に告げてから、正臣は家の建物をもう一度、じっと見た。さすがに江戸時代そのままの建物ではないが、年を経てそれなりの風格はある。これが見納めかも、と思うと、胸に迫るものがあった。

正臣は思いを振り払うように姿勢を正し、両親と見送りの人たちに敬礼した。万歳の声が起こる。正臣は、どこか超然とした気分でそれを聞いた。いったいこの戦争は、何だったのだ。ご先祖は何と思うだろう。あの世で会ったら、聞いてみたいものだ。そうだ、ついでに算盤でも習うか。正臣は胸中で苦笑し、日の丸の小旗に送られて、駅へと通じる道を歩き出した。


そこで伝三郎は、遠い思いから醒めた。気が付くと、もう日本橋の近くまで来ていた。おゆうの家までは、あと十町ほどだ。

（やれやれ、ご先祖様に算盤を習うどころか、借金の世話をすることになるとはな）

伝三郎は由木が今回の犯罪に巻き込まれてお縄になることがないよう、懸命に動いていた。先祖に縄をかけるわけにはいかないと思ったのだ。その上お佳には、子供まで差し出そうとした由木の心情を汲《く》んでやってくれと頼み込み、三千両の貸付を承知してもらった。これで由木藤十郎も、信濃屋の身代乗っ取りに加担したという点については、発覚しても藩からは大目に見てもらえるはずだ。それどころか、加増されるかもしれない。

伝三郎は改めて考える。おゆうにこのことを話す日は来るだろうか。それはつまり、自分が実は昭和の人間だと白状することである。もしおゆうが聞いたら、どんな反応を示すか。

伝三郎は、かぶりを振った。いや、こっちから言うことはないな。言うとしたら、おゆうが自分自身のことを告白したときだ。そんな日が来るのかどうかは、今の様子からは予測がつかなかった。

(当分このままか。まあ、それもいい。狐《きつね》と狸《たぬき》、仲良く付き合うとするか)

伝三郎は一人で笑い、いつも通り人で混み合う日本橋を渡って、北へ向かった。すれ違いざまにくしゃみをした者がいたので、思わず振り向いた。職人風の若い男が、鼻をこすっている。

(そう言や、この間の風邪にはまいったな。一日寝込むなんて、久しぶりだ)

あれは性質《たち》の悪い風邪だった。治った後も何日かは、食べ物の味がわからなくて往生した。まったく、何の因果で今頃の季節に風邪なんか引いたのか……。

＊　＊　＊

「ふうん。あの大富豪の爺さんが、全部仕組んだのか」

宇田川は優佳の話を聞いて、興味があるのかないのかわからない返事をした。

「しかしよく考えると絶妙だな」

「絶妙って、何が」

「孫の設定だ。江戸の数え三歳くらいと言うと、満一歳半から二歳ってとこだろ。その年齢なら、乳離れは済んでるから乳母はいらない。会話はまだ難しいから、下手なことを喋る危険は小さい。証拠となるほくろは、細工がしやすい」

「なるほど。偽物を仕立てるには、都合のいい条件だということね」

道久はそこまで計算に入れたのだろうか。だとしたら、何と冷徹な男だろう。

「本当にその爺さん、認知症なのか」

「正直、どれほどの程度かは医者じゃないからわかんない。でも、一代であれだけの財産を築いたのよ。もともと、凄く頭の切れる人だったのは間違いないでしょうね」

「晩節を汚す、って言葉、知らなかったのか」

「さあ、どうでしょうねえ」

道久の家族への渇望を説明するのは難しいか、と優佳は思った。どのみち、それも優佳の推測でしかないのだ。優佳は話題を変えた。

「ところで、ＰＣＲ検査の方はどう」

「ああ、態勢は整ってきた」

それはいい話だ。私も江戸に行くたび、やってもらえるだろうか。

「それはどうかな。一回くらいならいいが、この検査がもっと一般に普及するまでは何度もやってられんぞ」

それもそうか。全国で検査需要が急増しているのに、自分だけ勝手なこともできない。

「そうだね、ごめん」

「それに前にも言ったが、江戸に万一新型コロナが入っても、誰も気付くまい」

「だから余計に注意しなきゃ」

「それはわかるが、逆の方がもっと大事なんだぞ」

一瞬、宇田川の言う意味がわからなかった。

「逆って何？」

「江戸からこっちへ、感染症を持ち込む可能性のことだ。江戸じゃ、結構頻繁にパンデミックが発生してる」

ああ、そういうことか。

「でも、そんな感染症には現代ならワクチンでも特効薬でもあるでしょう」

「そうだが、一つ厄介なのがある。疱瘡、つまり天然痘だ」

天然痘？　それって、種痘で対処できるんじゃないの。そう言ってみたが、答えは意外だった。

「種痘なんか、今はやってない。天然痘は一九八〇年に根絶宣言が出てる。今の世界じゃ、自然の天然痘は存在しないんだ。万一あんたが江戸から天然痘ウイルスを持ち込んで感染者が出たら、とんでもない大騒動になる。ＷＨＯが出動し、バイオテロと思われて世界中の捜査機関が動き出す。そんなことになったらどうする。調べたら、あんたの行ってる時代には西日本で天然痘が流行してるぞ」

「じゃあ、薬もないの」

さすがに、血の気が引いた。

「薬はある。バイオテロに備えてな。無論、厳重管理されて簡単には手に入らない」

足元が震えてきた。

「わ、わかった。充分注意するよ」

「江戸では、感染症対策をしっかりな」

脅すだけ脅して、宇田川は電話を切った。だが、言っていることは確かに重要だ。

これからは充分に気を付けねば。うがい、手洗いでいいのかな。今は品薄のようだけど、消毒薬も常備しなくちゃ。

優佳は一息つこうと缶ビールを出して、テレビを点けた。相変わらず、新型コロナの報道がトップだ。

「……渋谷《しぶや》駅前など繁華街の人出は劇的と言えるほど減り、感染者の減少には効果が表れています。それでもまだ充分ではないとして、政府は緊急事態宣言の延長を視野に入れており……」

ああもう、感染者数が減ったのはいいけど、いつまで続くんだろう。この後、秋以降に間違いなく来る第二波、第三波はこれより悪くなるって言うし、一年二年じゃ収まりそうにないよね……。

「……日本の感染者数と死者数が欧米に比べ非常に低い水準にとどまっていることについて、ファクターXが取り沙汰されていますが、今のところ明確な要因は解明できておらず……」

優佳は、缶を口に運びかけた手を止めた。ファクターXか。日本の感染者や死者が少ないのは、免疫に関して何らかの特有の原因があるのでは、とする説だったか。BCG接種の効果だとかいう話もあるらしいけど……。

免疫？　優佳はふと考える。もし仮に、江戸に新型コロナが侵入していたら？　他の風邪などに混ざって気付かれないうちに拡大し、最終的に集団免疫となっていたら？　それが遺伝上、現在まで続いているなんてことが、あるだろうか。

優佳は、ふふっと笑った。そんな馬鹿なこと、ないよね。免疫効果がそんなに長く続くとは思えないし、韓国や中国で同様に死者数が少ないことの説明にならない。だいたい宇田川も言っていたように、自分の家を通して江戸にウイルスが流れ込む確率は、非常に低いはずだ。あり得ない、あり得ない。

優佳はまたテレビ画面に目を戻した。ファクターXの話は、まだ続いている。江戸の免疫が、遺伝し変化して続いていく、か。話としては面白いけど、まあ、ないよね。そう、ほんとに……ない……よね……。

本書は書き下ろしです。

この物語はフィクションです。作中に同一の名称があった場合でも、実在する人物・団体等とは一切関係ありません。

宝島社
文庫

大江戸科学捜査　八丁堀のおゆう
ステイホームは江戸で
（おおえどかがくそうさ　はっちょうぼりのおゆう　すていほーむはえどで）

2021年11月19日　第1刷発行

著　者　山本巧次
発行人　蓮見清一
発行所　株式会社 宝島社
〒102-8388　東京都千代田区一番町25番地
電話：営業 03(3234)4621／編集 03(3239)0599
https://tkj.jp
印刷・製本　中央精版印刷株式会社

ISBN 978-4-299-02155-7